La s
Sergio
de Pan

Gran Angular

Consejo Nacional
para la
Cultura y las Artes

ediciones sm

Dirección editorial: **Ana Franco**

Fotografía de cubierta: Roberto Rodríguez

Diseño de cubierta: *Estudio SM*

© Sergio J. Monreal, 1997

© SM de Ediciones, S. A. de C. V., 1997

Amores 1527. Col. del Valle, 03100. México D. F.

Coedición (1997): Consejo Nacional para la Cultura

y las Artes, Dirección General de Publicaciones / SM de Ediciones, S. A. de C. V.

ISBN: 968-7791-16-0, SM de Ediciones, S. A. de C. V.

ISBN: 968-29-9922-7, Consejo Nacional para la Cultura y las Artes,

Dirección General de Publicaciones

Impreso en México / *Printed in Mexico*

Para Pablo Patricio

A la memoria de Arthur Conan Doyle
y H. P. Lovecraft

No descubras, que puede no haber nada;
y nada no se vuelve a cubrir.

Antonio Porchia

I

—En lo que a mí respecta, creo que no tendré fuerzas ni para quitarme la ropa antes de meterme a la cama. Podría caer rendido aquí mismo —dije en la puerta del 221 de Baker Street, cierta noche en que Holmes y yo regresábamos de un paseo particularmente largo y fatigoso.

—Temo que pasará todavía algún rato antes de que podamos acostarnos —respondió él—. Está por llegar un hombre de poco más de cinco pies de estatura, alrededor de 35 años, bajo de peso. Tiene la voz enronquecida, un tobillo lastimado y se encuentra en medio de una profunda crisis nerviosa.

Si bien habituado ya a las milagrosas cualidades de mi amigo en el campo de la deducción, no pude menos que emitir una incrédula carcajada.

—¡Por Dios! ¿Tiene ánimo para bromas?

—No estoy bromeando.

—Nadie en su sano juicio puede pensar en visitas a tan intempestivas horas de la noche y con este frío.

—Precisamente. El hombre que vendrá no se halla del todo en sus cabales.

Estaba yo por objetar algo más, cuando una voz grave y bien modulada se dejó escuchar detrás de nosotros.

—Buenas noches, míster Holmes.

Me volví de golpe. Se trataba de un joven policía nocturno. Sólido, fuerte y de rostro agradable, medía bastante más de seis pies. Sus ademanes eran cordiales, seguros y apacibles. Si tenía lastimado un tobillo, lograba disimularlo muy bien.

—Alguna vez tenía que suceder —comenté, dedicándole a Holmes una gran sonrisa.

—¿Suceder qué? —repuso él, fríamente—. ¿Algún problema, oficial?

—Bueno... no estoy seguro. Es sólo que un hombre lleva varias horas rondando por aquí. Lo he echado ya tres veces.

—¿El que se encaramó en la cornisa de la ventana para ver el interior de la casa?

—Sssí..., el mismo. ¿Pero cómo...? —exclamó el apuesto joven, perplejo.

—¡Oh, eso no importa! ¿Querría describirnos al doctor Watson y a mí el aspecto de ese individuo?

—Por supuesto. Se trata de un hombrecito delgado, nervioso, calvo, de mediana edad. Le pregunté qué estaba haciendo aquí y me respondió con evasivas. La última vez tuve que amenazar con encerrarlo para que se marchara.

—¿Cómo era su voz?

—Opaca, ronca.

—¿Observó algo más en él?

—Sí; cojeaba al caminar.

—Entonces no hay de qué preocuparse. Si aparece otra vez, permítale que llame a nuestra puerta; ya nos ocuparemos de averiguar qué se le ofrece.

—Aunque parece inofensivo —dijo el guarda nocturno—, temo que pueda resultar peligroso. Tenía la mirada extraviada, ausente, y hay que ver el modo en que le temblaba todo el cuerpo.

—De ser así, sabremos hacernos cargo. Gracias y buenas noches, oficial.

—Buenas noches, míster Holmes.

—Lo de la ventana es sencillo —dije ya en la sala de estar, quitándome el abrigo—, pues aún son muy claras las huellas de lodo en la cornisa.

—Lodo de nuestro propio jardín.

—¿Pero lo demás?

—Igualmente sencillo, Watson. La medida, profundidad y ubicación de esas huellas nos indican que el hombre es pequeño y ligero, la cantidad de colillas inacabadas y de ceniza esparcida por el piso nos obligan a pensarlo nervioso y ronco. En cuanto a lo del tobillo, basta observar las pisadas que se alejan de la casa, mucho más frescas que las de la cornisa; sin duda se ha lastimado al bajar de la ventana, lo cual indica que ya no posee la agilidad de un joven. Pero dejemos eso, que aquí llega.

En efecto, unos pasos tenues y discontinuos se aproximaban a la puerta, que inmediatamente después fue abatida por una rápida sucesión de golpes. Abrí.

Pocas veces había visto yo a un hombre de aspecto tan desolado. La tez extremadamente pálida y demacrada servía de marco para unos ojos de mirada febril que no cesaban de parpadear. Una calvicie progresiva tendía a acentuar la forma de su cráneo anguloso y frágil. Sus ropas, no de mala calidad, se mostraban arrugadas y sucias, como si llevaran varios días sin ser cambiadas. Por lo demás, se ajustaba perfectamente a la descripción hecha por mi amigo.

Estaba yo dispuesto para escuchar uno más de los terribles problemas que solían ser puestos a consideración de sus impresionantes facultades deductivas, de modo que cuál no sería mi sorpresa cuando el hombre se abalanzó sobre mí y, al borde de las lágrimas, me estrechó en un torpe abrazo.

—¡Watson, Watson... por fin! —lloró.

Sumamente aturdido, lo aparté de mí con un gesto brusco y observé más atentamente sus facciones. Al principio, me pareció un absoluto extraño y, como aún pretendiera echarme los brazos al cuello, le dirigí a Holmes una mirada suplicante. De pronto, una imagen fugaz me pasó por la cabeza.

—No es posible —murmuré—. ¿Godwin? ¿Es usted Thomas Godwin, de Bristol?

Por toda respuesta, los ojos se le llenaron de lágrimas y aumentó la ya de por sí aparatosa magnitud de sus temblores. Era él, sin duda, aunque resultaba difícil que los rasgos del joven regordete y jovial que había sido mi condiscípulo en Nedley cuando ambos completábamos nuestros estudios como médicos militares, encajaran en aquella apariencia angustiosa y deteriorada. ¿Dónde habían quedado el color saludable, los abundantes rizos y la voz suave y cantarina?

—Tranquilícese, amigo mío. Sea cual sea su problema trataremos de ayudarle.

—¡Han pasado tantos años! Discúlpeme, pero no había nadie más a quién pudiera recurrir.

Me es imposible transmitir con palabras la infinita pena que aquel viejo conocido me producía.

—Creo que lo mejor será prepararle un trago —opinó Holmes, abriendo la vitrina esquinera donde guardábamos algo de whisky para las visitas. Su rostro mostraba una sincera preocupación.

—Siéntese, Godwin. Descanse. Ya habrá tiempo de hablar. Por ahora, lo que necesita es controlarse. Respire profundo —dije, palmeando los hombros del hombrecito.

Apenas si humedeció sus labios con el vaso de whisky que Holmes le puso en las manos temblorosas.

—Bébaselo todo.

Obedeció y, casi al momento, sus miembros se distendieron.

—Descanse —repetí, quitándole el vaso y haciéndole un gesto a mi amigo para que lo llenara nuevamente.

La segunda dosis de whisky desvaneció por completo los temblores y consiguió darle cierto color al rostro. Godwin cerró los ojos y exhaló un hondo suspiro. El momento me pareció oportuno para darle a Holmes los antecedentes de mi relación con aquel curioso personaje.

—Estudiamos juntos en Nedley —comencé—. Un trío inseparable: Godwin, Cosgrave y Watson. Aunque habíamos superado ya los veinte años, la nuestra fue una de esas típicas amistades de juventud, en las que se está dispuesto a darlo todo por los otros, se comparten gustos e inquietudes y se crean complicidades.

"Cosgrave procedía de una familia noble con la que, debido a su carácter animoso, no congeniaba. Había optado por la medicina militar precisamente para huir de la vigilancia paterna, enarbolando un patriotismo que en el fondo realmente no sentía. Un poco atleta, robusto y buen mozo, halló siempre la manera de enredarse en diversos líos de faldas, no obstante la severa vigilancia a la que teníamos que ceñirnos. Era tan recio y disparejo su temperamento que llegó a ganarse la enemistad de más de un profesor. Repasando todo esto, pienso que acaso fue la importancia de su apellido, al que tanto detestaba, lo que lo salvó de ser expulsado.

"Godwin fue el primogénito de una humilde familia de Bristol que, con muchos sacrificios, logró costearle la carrera. Pero sus dificultades no pararon ahí: al no cumplir con la estatura mínima exigida por el ejército, su ingreso a los cursos de Nedley se vio seriamente comprometido, las evaluaciones jamás le hicieron justicia al esmero con que atendía los estudios y, por si esto fuera poco, la mayoría de nuestros compañeros lo convirtieron en el blanco de sus burlas debido a un vicio que entonces le resultaba incontrolable; era extremadamente glotón. Robaba bocadillos en los almuerzos y en las comidas y los iba acumulando bajo la almohada. Me viene a la memoria como alguien regordete, de pelo oscuro y rizado, un poco infantil para mi gusto."

Godwin, que conforme avanzaba mi relato había venido relajándose cada vez más, dejó escapar una tenue y avinagrada risita.

—Aunque existía una pequeña posibilidad de que se nos asignara al mismo regimiento —proseguí—, sabíamos que lo más probable era que fuésemos separados en cuanto concluyera el curso, situación que contribuyó a estrechar profundamente los lazos de nuestra camaradería.

"Pese a todo, no fue el ejército quien determinó separar nuestros destinos.

"Un profesor al que le resultábamos simpáticos resolvió invitarnos a la celebración de su aniversario de bodas. Yo, víctima de un fuerte resfriado, no pude asistir, pero Godwin y Cosgrave sí lo hicieron. Ahí quedaron prendados de una joven a la que nunca tuve oportunidad de conocer. He olvidado su nombre, pero recuerdo que se atribuía una ascendencia tan fantástica que nunca dudé de su falsedad; sin embargo, éste y otros detalles contribuyeron para que mis amigos, ya vivamente impresionados por el desenvolvimiento de su personalidad seductora (tal era el modo en que la describían), terminaran obsesionados con ella. No pensaban en otra cosa y sólo vivían esperando el momento de volverla a ver."

Repentinamente, Godwin sufrió un nuevo acceso de temblores y de llanto. Palabras y whisky fueron esta vez inútiles para apaciguarle.

Apenado hasta lo indecible, le repetí una y otra vez que si me había permitido tocar ciertos temas con demasiada ligereza era porque formaban parte de un pasado que creía distante y muerto tanto para él como para mí.

Holmes sugirió que lo lleváramos a mi habitación, en la que luego de desnudarlo y meterlo a la cama le inyecté un calmante. Veinte minutos después, cuando volví al salón, dormía profundamente.

Sherlock se había apoltronado en su butaca predilecta y fumaba una pipa con gesto apacible.

—¿Cómo está? —preguntó.

—Durmiendo —suspiré, dejándome caer en el sofá—. No me explico qué pudo haberlo puesto así.

—Ya tendremos ocasión de averiguarlo. ¿Le molestaría continuar con su relato?

Aquella solicitud no dejó de sorprenderme, pues la verdad es que había hablado únicamente para tratar de distraer a Godwin.

—No, por supuesto que no; si usted quiere.

—Se lo ruego.

—Bien. ¿En dónde me quedé...? Ah, sí, Godwin y Cosgrave, hondamente impresionados por aquella mujer, empezaron a descuidar los estudios, lo que llevó a un estado crítico su situación académica. Yo trataba de hacerlos razonar, pero ellos, en lugar de atender a mis recomendaciones, se empeñaban en hacerme partícipe de su obsesión. Siempre me rehusé a seguirlos en sus citas y desvelos.

"Se avecinaban ya las oposiciones finales y, francamente preocupado por la situación de mis camaradas, pedí referencias sobre la señorita al profesor en cuya fiesta la habían conocido. Era hija de un erudito medievalista que al morir la dejó en una posición desahogada; su madre había fallecido cuando ella no tenía más de cinco años. A juicio del profesor, se trataba de una joven demasiado desenvuelta, incluso jactanciosa y, más que bella, de rasgos raros e inquietantes. Estaba de regreso de un viaje por Europa y pensaba establecerse definitivamente en el lugar donde, según ella, había muerto su antepasado más ilustre. Aún no me explico cómo Godwin y Cosgrave pudieron dejarse engañar por semejante tontería.

"En fin. Hasta tal punto se encontraban deterioradas nuestras relaciones que no fui capaz de adivinar lo que planeaban hacer."

—¿Desertar y seguir a la muchacha?

Tal vez fuera por el cansancio, pero el tono autosuficiente de Holmes me resultó francamente molesto.

—Eso mismo. Reconozco que era de esperarse, pero ya es muy tarde para lamentar mi falta de visión. Poco antes de embarcarme rumbo a Afganistán recibí una carta en la que me deseaban suerte. La verdad es que lograron desilusionarme mucho. Desde entonces no tenía noticias suyas.

Holmes, envuelto en una densa nube de humo, me miraba con los párpados entornados.

—¿Cuál es ese ilustre parentesco de la mujer, que tanto disgusto le causa a usted?

—¡Oh...! Se trata de algo absurdo. Y si me molesto es porque debido a ello perdí dos amigos a quienes de verdad apreciaba. Decía ser la última descendiente de Lancelot du Lac, el caballero que, según la leyenda, era el favorito del Rey Arturo. ¿Qué le parece?

—Interesante, interesante.

—¿Interesante? ¡Vamos, Holmes! No me dirá que considera

11

que esa farsa puede ser verdad. Ni siquiera se tiene la certeza de que Arturo haya realmente existido.

—Según los historiadores, Arturo existió sin duda hacia finales del siglo V y principios del VI, aunque no se trataba de un monarca, sino de un patriota britano que se opuso a la invasión sajona. En cuanto a lo primero, yo no he dicho que lo crea. ¿Podría hacer un esfuerzo para recordar el apellido de la joven?

Estaba sumamente cansado y la conversación empezaba a resultarme fastidiosa, pero aun así traté de complacerlo.

—Langly, Lang, Land, Landulles... ¡Lansdowlles!, eso es. Ane... no. Déjeme ver... Alice, Alice Lansdowlles.

—Interesante —repitió Holmes, acariciándose la barbilla—. Interesante.

En otras circunstancias, su afición por el medievo, generalmente oculta y relegada, hubiese podido despertar mi atención, pero aquella noche yo sólo podía pensar en descansar.

—Lo dejaré dormir de una vez, Watson. Si despierta y no estoy, será porque he salido a comprar alguna ropa más presentable para nuestro amigo Godwin. Deje sus consultas en manos de un colega y prepare un poco de equipaje. Es probable que debamos ausentarnos durante uno o dos días.

—¿Vamos a viajar?

Por toda respuesta, ya en la puerta de su dormitorio, me dedicó una sonrisa.

—Le sugiero que se olvide del sofá, pues no obstante su apariencia es demasiado duro, incómodo y estrecho. Extienda algunos cobertores en el piso y tenga cuidado con las corrientes de aire. Que pase una buena noche, Watson.

—Gracias, Holmes.

II

DESOYENDO los consejos de mi amigo dormí en el sofá, provisto de un grueso cobertor de lana. El resultado fue que al amanecer me sentía peor que si no hubiera dormido. Tenía lastimados los músculos del cuello y una larga serie de dolores repartidos por toda la espalda.

—Lamento lo que sucedió anoche —dijo Godwin, que debía llevar ya un buen rato sentado en aquella butaca frente a mí. Afeitado, tranquilo y limpio, no lograba sin embargo deshacerse de su terrible angustia interior, evidenciada de modo irremediable en el brillo temeroso de los ojos tristones y en la forzada sonrisa. Había vuelto a ponerse las mismas ropas—. Su amigo salió desde temprano.

—Sí. Debía hacer algunas compras.

Ante aquel hombrecito pesaroso y frágil, que no obstante nuestro pasado común era para mí un extraño absoluto, me encontraba un tanto incómodo. Intercambiamos todavía algunos comentarios corteses respecto a la noche pasada, luego de los cuales pasé a mi dormitorio para asearme. Siguiendo las indicaciones de Holmes, preparé algo de equipaje. Cuando salí, el desayuno estaba ya servido.

Por alguna extraña razón deseaba pasar el menor tiempo posible a solas con Godwin. Redacté una breve nota para un colega, a fin de que se hiciera cargo de mis pacientes durante un par de días y, sin justificación alguna, retuve al mensajero pretextando cualquier cantidad de tonterías; llegué incluso a encargarle un paquete de cigarrillos italianos cuando empezó a mirarme con extrañeza.

Pero la hospitalidad reclama observancia hasta en las más curiosas situaciones y me vi obligado a acudir a la mesa junto con mi huésped. Comimos en silencio.

Avanzaban los minutos, haciéndonos presos de un pesado bochorno. Él, presumiblemente, esperaba que yo le diese pie para iniciar su relato, mientras que por mi parte creía necesario esperar a que Holmes estuviera de vuelta. Por fortuna, mi compañero apareció antes de que lo embarazoso de la situación se hiciera insoportable. Instalados ya en el saloncito, abríamos el paquete de cigarrillos italianos que acababan de traerme.

Dejó en un sillón las cajas que traía bajo el brazo y nos dedicó una sonrisa.

—Buenos días. Lamento haber tardado más de lo previsto. Voy a quitarme el abrigo y a encender una pipa; en seguida estoy con ustedes.

Entraba a su dormitorio cuando añadió:

—Me temo, Watson, que el mandadero a quien le encargó esos cigarrillos no resistió la tentación de tomar unos cuantos para sí.

—¿Por qué lo dice?

—Vea las manchas en la parte interior del papel que está extendiendo. No hay en Londres un solo dependiente de tabaquería fina que despache sus encargos con las manos sucias.

En efecto, el papel mostraba las marcas de unos dedos.

—Si no me equivoco, también estarán manchadas las puntas del cordón de la envoltura —gritó Holmes.

Así era.

—En fin —remató junto a nosotros, arrellanándose en su butaca—. Quien quiera que haya sido el autor de la fechoría, a estas alturas ya debió percatarse de la infinita superioridad del tabaco inglés sobre el italiano. Aunque eso, claro, es cuestión de gustos... Señores, estoy a sus órdenes. Ah, se me olvidaba; esto es para usted, míster Godwin.

El pálido hombrecito, que lo miraba con infinito asombro, tomó las cajas y las colocó sobre sus rodillas.

—Creo que el doctor Watson no tuvo anoche oportunidad de

presentarnos. Mi nombre es Holmes, Sherlock Holmes. Le escucho.

—Hable con confianza —intervine, al darme cuenta de que Godwin parecía indeciso—. Si alguien puede ayudarlo, no importa el género al que pertenezca su problema, ése es Holmes. No existe hombre más honrado y discreto que él en lo que a asuntos delicados se refiere.

—La verdad es que no sé si esto debería contarlo más bien en una iglesia o en un manicomio —inició—. Creo que lo mejor será comenzar desde el día en que Cosgrave y yo decidimos abandonar Nedley para seguir a Alice Lansdowlles.

"Watson: en todos estos años muchas veces me acordé de usted y de los consejos que nos daba durante aquella época, cuando apenas iba cobrando forma el afecto que terminaría por convertirse en la razón fundamental de nuestra existencia. Muchas veces me pregunté también, aunque nunca tan insistentemente como ahora, si ese afecto no tendría algo de enfermizo e incluso diabólico. Alice se apropió de mi vida y de la de Cosgrave en el momento mismo en que nos dirigió la primera palabra. Eran, sí, su sonrisa, su mirada, la intensidad seductora que le imprimía a todas sus frases, a cada uno de sus gestos; pero tales detalles no son sino la parte visible de algo misterioso, intraducible, inexpresable. Puesto que nunca la conoció, es inútil que pretenda realmente entender a lo que me estoy refiriendo; para usted, igual que hace quince años, no se trata más que de una irritante exageración. Sin embargo, Cosgrave y yo siempre supimos que, una vez que se había cruzado en nuestro camino, nos hubiese resultado imposible tratar de vivir lejos de ella. Desertar no fue el acto irreflexivo de dos jóvenes sin noción de responsabilidad. Se trataba de la supervivencia de nuestras almas, aunque entonces no pudiéramos expresarlo con claridad y el decirlo ahora pueda parecer una blasfemia.

"Como recordará sin duda, Alice se dirigía a la ciudad donde supuestamente había terminado sus días Sir Lancelot du Lac, velando los restos de su rey y señor, Arturo. En esa ciudad, ubicada en el condado de Somerset, culminó nuestro viaje. Se trata de Glastonbury.

"Ella aceptó con agrado nuestra compañía, si bien nunca correspondió a las insinuaciones románticas que ambos le hacíamos. Siempre nos consideró únicamente como sus amigos, los depositarios de sus confidencias y, ocasionalmente, sus médicos. Alquiló una pequeña casita a orillas del Brue, cuyas aguas vieron transformarse nuestros ardorosos deseos juveniles en un fiel, desinteresado y platónico amor. Cosgrave y yo instalamos nuestro consultorio lo más cerca que pudimos. Aquellos años fueron especialmente difíciles; comprenderán que la población ya poseía un médico y no había clientela suficiente para mantener a otros dos. Llegamos a emplearnos como deshollinadores para poder subsistir. Pero poco importaba soportar cualquier penuria, pues todas las tardes obteníamos la invaluable recompensa de un paseo con Alice.

"Creo no haber mencionado aún a su padre, un reconocido medievalista cuya mayor pasión era la historia antigua de su Gales natal. Él le heredó un interés desmedido por el ciclo bretón, mismo que se convirtió en el tema central de nuestras citas vespertinas durante quince años."

—¿Ciclo bretón? —pregunté.

—La leyenda del Rey Arturo y los caballeros de la Tabla Redonda —observó Holmes.

—Por lo general, emprendíamos el regreso cuando ya las sombras de la noche se extendían sobre nosotros —prosiguió Godwin con una rara expresión en el rostro, como si su espíritu fuese navegado por las sombras nocturnas que rememoraba—. De pronto, parecía cobrar forma en el aire la terrible batalla final en que murió Arturo junto con casi todos sus hombres. Hubo veces que creí percibir los restos de una armadura emergiendo de las aguas, sangrientos cuerpos empalados, voces de moribundos suplicantes...

Involuntariamente, esbocé un gesto de impaciencia que lo arrebató del ensueño en que comenzaba a abismarse.

—Disculpen —balbuceó, llevándose las manos a la cabeza—. Siempre me pasa igual; con cualquier pretexto termino regresando al mismo tema. ¿Saben ustedes de la tumba? Posee cierta fama.

Para mí es algo casi cotidiano visitarla y leer su inscripción: *Hic jacet Arthurus, rexquondam, rexque futurus.*

"En fin... Todo siguió como he dicho durante varios años; los paseos sólo se veían interrumpidos cuando el clima era malo y cuando Alice viajaba a Gales para visitar a su familia y atender sus propiedades. Y si en un principio su rechazo a nuestras respectivas solicitudes matrimoniales llegó a causarnos desazón y enojo, pronto aprendimos a respetar el estado de las cosas. Creo que incluso llegamos a sentir que eso era la felicidad; no la alegría pasajera que embota brevemente los sentidos para dejarlos luego en el más hondo de los pesares, sino esa felicidad que tiene que ver con lo eterno. Desgraciadamente, lo eterno tiene que ver muy poco con lo humano.

"Cierta primavera apareció por Glastonbury un hombre bastante curioso. Francés de nacimiento, había corrido mundo desde muy joven, forjándose una cuantiosa fortuna y un lamentable estado de salud. Por causas que hasta hoy me son todavía desconocidas, decidió pasar el resto de sus días en esa ciudad; no deja de ser un poco sorprendente, tomando en cuenta que para mantener bajo control sus padecimientos no existía nada mejor que el clima de las regiones meridionales. Voraz coleccionista de objetos antiguos y raros, adquirió la casa más rara y más antigua de Glastonbury, por entonces abandonada, casi en ruinas.

"Durante el tiempo que duraron los trabajos de remodelación podía vérsele cada mañana, encogido y tembloroso, paseando a su mascota. No se trataba de un perro ni de un gato; los gustos de monsieur Drieu siempre tendieron más bien hacia lo excéntrico; lo que llevaba consigo adonde quiera que iba, valiéndose de una hermosa cadena plateada, era un gibón. Según parece lo obtuvo en una correría por el sur de Asia, mediante una apuesta o algo así, cediéndolo luego a un circo para que lo domaran. No sé si me entiendan, pues a lo mucho les habrá tocado ver a un mendigo con un mico por la calle, pero nunca un espectáculo como aquel: un hombre esquelético y una bestia que, pese a ya no ser joven y estar afectada por el clima, seguía resultando impresionante.

"No obstante, de haber sido otros los acontecimientos, monsieur Drieu no hubiera pasado de convertirse en un simple detalle pintoresco entre las abundantes irrelevancias de nuestra rutina cotidiana.

"Ahora, caballeros, traten por favor de imaginar lo que puede ocurrir en el alma de dos hombres cuando han pasado los mejores años de su vida adorando a una mujer, y ésta les comunica que va a casarse con alguien a quien recién conoce. ¿No es suficiente para enloquecer? Eso creímos nosotros cuando Alice nos anunció su boda con Drieu. ¿Unirse a un francés enfermo que le doblaba la edad y era susceptible de entregarse a manías incalificables, como la del gibón? Tiemblo al recordar los días que pasamos tras recibir la noticia. Cerca estuvimos del suicidio. Y, sin embargo, terminamos por aceptar las nuevas condiciones; las charlas vespertinas serían más cortas y carecerían de paseos, té en lugar de caminata, jardín en lugar de bosque. Todo cambiaba.

"La muerte del médico local nos trajo cierta holgura económica. Alquilé para mí la casita que Alice había ocupado hasta entonces y decidimos instalar en ella el consultorio. A la sazón, Cosgrave recibió cierta cantidad por la muerte de su padre y compró una pequeña propiedad a pocas millas de Glastonbury.

"El tiempo no cura las heridas, pero nos enseña a soportarlas. No podría decir qué motivos llevaron a Alice a convertirse en madame Drieu; probablemente el interés de una buena posición que le permitiera continuar sin complicaciones sus apasionados estudios históricos; como haya sido, la costumbre terminó por reducir nuestra rabia inicial a un vago resabio de amargura.

"Todo llevó un cauce más o menos taciturno a partir de entonces, ocasionalmente alterado por los alborotos del reverendo Compton, convencido de la presencia de espíritus malignos en aquellas tierras. Cosgrave y yo apenas nos veíamos más allá del consultorio y de las citas vespertinas, Alice continuó ausentándose de cuando en cuando para ir a Gales y monsieur Drieu fue sumando malestares nuevos a sus numerosos padecimientos físicos.

"Finalizaba el año pasado cuando Alice nos dio una noticia que

18

acaso haya llegado a causarnos mayor estupor que la de su matrimonio: estaba embarazada. Esto suscitó más de un comentario suspicaz, pues para nadie eran un secreto el lamentable estado de salud y la avanzada edad del marido de nuestra amiga; ni siquiera podía ocuparse de los bienes familiares, quedando su administración en manos de ella. Una tarde, me lié a golpes debido a las insinuaciones poco delicadas de un gracioso, pero lo cierto es que, como médico de Drieu, a mí más que a nadie me costaba trabajo creer en la legitimidad del hijo que aguardaban.

"No me mire así, Watson. Ahora poco importa ya que lo confiese.

"Alice solicitó que Cosgrave y yo la auxiliáramos en el parto, causándonos una gran alegría y eclipsando con ello cualquier duda o recelo que hubiésemos podido tener.

"Conforme avanzaban los meses, sin que apareciera ningún incidente médico del que valga la pena acordarse, cierto sector del pueblo comenzó a rehuirnos y a murmurar a nuestro paso. Bien pronto me pude enterar de lo que ocurría, pues recibí la visita del reverendo Compton, exigiéndome que no contribuyera con el acto monstruoso que, según él, estaba por perpetrarse. Debí haberlo escuchado, pero en lugar de eso lo saqué a empujones de mi casa y amenacé con apalearlo si se atrevía a volver.

"Durante los dos últimos meses, Cosgrave y yo prácticamente nos habíamos trasladado a la residencia de los Drieu para atender de cerca a la futura madre.

"Antier el cielo amaneció cargado y plomizo; la grotesca forma de las nubes sugería oscuros presagios. Fue durante nuestra charla vespertina que sobrevino lo inevitable. Cosgrave llevó a Alice a su habitación mientras yo preparaba los utensilios necesarios para el parto. Insólitas corrientes de aire se abatían contra la casa; el cielo se ensombreció tanto que, a pesar de que no eran más de las cinco, fue preciso encender velas. Cuál no sería mi horror cuando entré al dormitorio llevando una tinaja con agua y encontré a Cosgrave inconsciente, tendido en el suelo. Respiraba normalmente, así que opté por ir en ayuda de Alice, cuyos alaridos completaban el pavoroso cuadro."

Godwin enmudeció de súbito, mesándose el cabello con una mano engarfiada. Volvía a estremecerse y en su rostro se dibujaba otra vez el pánico indescriptible de la noche anterior.

Profundamente exaltado, le rogué que continuara. Holmes fumaba con gesto apacible.

—No sé si los cánticos tras la ventana, así como el temblor de los muebles y los inhumanos alaridos de mi amiga, hayan sido fruto de mi imaginación. Lo que sí puedo asegurar es que la criatura que estreché en mis manos no era humana. Tenía el cuerpo cubierto por una especie de pelambre que, anegado y pegajoso, resultaba insoportable para el tacto; lloraba con una voz estridente, resquebrajada y ronca. Sin embargo, no fue aquello lo más repulsivo. ¡El olor, caballeros...! Nunca pensé que el simple acto de respirar pudiese llenar el espíritu con las imágenes que esa pestilencia maligna filtró dentro de mí. Al punto, me percaté de que nadie conoce realmente el significado profundo de la palabra infierno, la esencia verdadera del pecado ni los alcances infinitos de la auténtica maldad. Solté aquel cuerpo inmundo y salí huyendo de ahí. Desde ese momento hasta mi llegada a Londres no recuerdo más que vagas imágenes. Pasé todo el día de ayer vagando, buscando una explicación, tratando de sustraerme al delirio, sintiendo que durante quince años he sido parte de... de... ¿De qué formo parte? Lo que hice no tiene nombre, ni forma, ni explicación. Bastaría para garantizar la condena eterna de miles de hombres, ¡qué no irá a significar para mí que lo hice solo...! ¡Solo!

No bien terminó de hablar, con las facciones grotescamente deformadas y los ojos arrasados por el llanto, cuando me vi obligado a saltar sobre él para sujetarle y evitar así que sus progresivas convulsiones lo lastimaran. Tenía los ojos desorbitados; de su boca, abierta como para dejar escapar un grito agónico y desgarrador, no salía sonido alguno. Por un momento llegué a pensar que moriría ahí mismo, pero valiéndonos de palabras, bofetadas y generosas cantidades de whisky, logramos controlar el ataque.

Pasados algunos minutos, la respiración, el pulso y la estampa de mi antiguo condiscípulo recobraron su normalidad. Por lo menos la normalidad que nosotros conocíamos. Holmes, otra vez en la butaca, habló entre el humo espeso y penetrante de su pipa.

—El problema, míster Godwin, es sin duda complejo. No obstante, déjeme decirle que bajo las más aterradoras y sobrenaturales apariencias hay siempre una explicación lógica. Lo hago con profundo conocimiento de causa, ya que mi trabajo consiste precisamente en esclarecer lo misterioso, respondiendo a preguntas supuestamente irresolubles. Mientras haya pistas puede llegarse a la verdad; y créame que, de momento, vislumbro en su caso más de un hilo invitándonos a tirar de él para obtener explicaciones. Ahora, si me lo permite, necesito que responda a dos preguntas. Uno: ¿Quiénes estaban en casa de los Drieu el día que tuvieron lugar los sucesos que acaba de narrarnos? Y dos: ¿Cómo averiguó después de tanto tiempo la dirección de Watson?

Godwin se frotó el rostro con ambas manos y permaneció unos segundos mirando hacia el techo. Pese a que las palabras de Holmes habían sido contundentes, temo que estaba muy lejos de dejarse convencer por ellas.

—Cosgrave, Drieu, yo... —respondió al cabo—, Alice por supuesto, el mayordomo y el ama de llaves.

—¿Nadie más?

—No. En cuanto a la otra pregunta, debo decir que cuando llegué a Londres ignoraba por completo en dónde podría localizarlo. Tal vez no lo hubiera hecho si no me viene a la cabeza que Cosgrave mencionó cierta vez un relato suyo, publicado en el *Strand Magazine*. En sus oficinas me facilitaron la dirección.

—Bien —murmuró Holmes—. Si no nos damos prisa no alcanzaremos el tren. Le sugiero que suba a vestirse.

A Godwin la sola idea de volver a Glastonbury conseguía llevarlo de nueva cuenta al borde de la crisis, pero mi compañero se las arregló para convencerlo de que no había otra solución. Era eso o la locura.

—¡Ah! —exclamó Sherlock, sacándose del bolsillo un pequeño medallón con cadenita de oro—, me parece que esto es suyo. Debí guardarlo de modo irreflexivo ayer, mientras lo desnudábamos.

Sostuve el hermoso objeto con dos dedos para admirarlo. El laqueado era muy fino; representaba un paisaje estival con arroyo y frondosos sauces llorones. Nunca había visto una miniatura tan bellamente trabajada. La tapa se abría, mostrando dos minúsculos compartimentos interiores; ambos estaban vacíos.

—Una verdadera obra de arte —comenté—. ¿Cómo la obtuvo?

Godwin, aún víctima de estremecimientos y temblores, me la quitó torpemente.

—Es un regalo de cumpleaños; obsequio de Alice. Llevo mucho tiempo con él.

Acto seguido, entró en mi habitación llevando las cajas de ropa bajo el brazo.

—Lo noto molesto —inquirió Holmes, vaciando la cazoleta de su pipa.

—Es que me siento incapaz de esbozar una teoría —respondí—. Godwin tuvo esa criatura en sus manos, la vio nacer. ¿Cómo es posible...?

—Mi querido Watson. Está partiendo usted de la premisa equivocada. Si un hombre viene a decirnos que su problema es que le hablan los perros, no nos apoyamos en sus impresiones sino en la realidad verificable de los hechos. Y esta realidad, simple y llanamente, nos dice que los perros no hablan. Hágame caso. Un adecuado punto de apoyo puede conseguir maravillas. Voy por mis cosas.

Lo seguí con la mirada hasta que desapareció en el interior de su dormitorio. Confiaba en él más que en nadie, pero tras el relato de Godwin yo me sentía capaz de creer cualquier cosa.

Incluso que los perros hablaran.

III

A petición de Holmes, Godwin trató de precisar todo lo sucedido el día del fantástico drama. Pude reconstruir los detalles cabalmente una vez que estuvimos en la casona que les sirvió de escenario.

Así pues, procederé ahora a narrarlos, apartándome por un momento de las experiencias vividas por mi insignificante persona.

Según la tradición religiosa, Glastonbury constituyó el primer bastión inglés de la cristiandad, al establecerse ahí José de Arimatea, custodio del cáliz que recogió la sangre de Jesucristo. Cuando arribaron los primeros anglosajones, ya existían algunas iglesias construidas al modo céltico; y aunque ahora sólo queden las ruinas de la mayor y más importante de ellas, las construcciones antiguas conservan todavía la influencia de su peculiar estilo arquitectónico.

Tal era el caso de la residencia de los Drieu, menguados restos de una compacta fortaleza erigida durante la temprana Edad Media, a cuyo espíritu original trataron de adaptarse en lo posible todas las sucesivas remodelaciones. El resultado era una extraña mansión de dos plantas, rematada en una torre sobria y oscura, trepando casi por una colina de rica vegetación. Los caprichos orográficos de la zona habían determinado también que uno de sus flancos se apoyara en el borde de un abrupto precipicio.

De regulares proporciones, el jardín, al hallarse rodeado por un todavía sólido muro de piedra erosionada y pretérita, y pese a no ser más que un imaginativo juego de frondas, cipreses, sauces y arroyuelos, conseguía dar la impresión de un paisaje tupido y vasto. Todo ello, sumado a la apariencia general del edificio, provocaba el sentimiento de un viaje a través del tiempo.

Las vetustas estancias de la planta baja habían sido habilitadas para albergar el salón principal, el comedor, una salita mirando al jardín, la cocina y las habitaciones de la servidumbre. Arriba, además de los aposentos del señor y la señora, estaban los dormitorios de los huéspedes, una biblioteca y una estancia para lucir la colección de raras antigüedades de monsieur Drieu. El sótano pertenecía a la época de la dominación romana; inscripciones ya ilegibles en latín adornaban los muros y, según el decir popular, bajo las placas graníticas del piso se abrían una red de catacumbas e intrincados pasajes subterráneos. A pesar de todo esto, sus actuales funciones eran más bien modestas: una de sus tres partes servía de bodega, otra de despensa, mientras que la última, debido a su irremediable deterioro (era prácticamente una cueva hundida en la colina) no tenía ningún uso.

Antes de pasar a los hechos, es preciso que me refiera a dos personajes que hasta ahora sólo han sido mencionados muy brevemente: el mayordomo y el ama de llaves.

Pelham era un hombre alto, delgado, moreno y fuerte, que rondaba los cuarenta y cinco años. Su avanzada calvicie parecía acentuarle la dignidad en rasgos y gestos. Siempre uniformado, de talante parco y silencioso, llegó a Glastonbury poco antes de la boda de sus patrones, llamado por monsieur Drieu que le conocía de tiempo atrás y tenía en él una confianza absoluta.

Algo similar ocurría entre miss Vaughan y madame Drieu. Ésta, siendo niña, obtuvo de su padre una pasión desmedida por los cuentos, la fantasía y las leyendas, pero los aspectos más prácticos de su educación tal vez nunca hubieran sido atendidos de no ser por una mujer que durante años sirvió en casa de los Lansdowlles y que, solícitamente, tomó en sus manos dicha tarea. La mujer tenía una hija siete años mayor que Alice y, a pesar de la disparidad de edades y de condición, nació entre ambas un gran afecto. Cuando se comprometió en matrimonio, la futura madame Drieu no debió cavilar mucho antes de escribir a Gales para solicitar que su compañera de infancia y adolescencia aceptara el puesto de ama de llaves. Miss Vaughan era una mujer de casi cuarenta años, estatura mediana, cabello prematuramente encanecido, rostro sin arrugas y apariencia severa.

En lo referente al gibón, diré únicamente que si en un principio había gozado del privilegio de permanecer en la alcoba de su amo, tras el decaimiento de éste se le relegó a un cobertizo enjaulado en la parte posterior de la mansión. Diariamente Pelham lo aseaba y le daba de comer.

Esa mañana, Godwin bajó de su habitación pasadas las diez; a últimas fechas no lograba conciliar el sueño sino hasta casi el despuntar del alba. Kathy, la doncella, le sirvió el desayuno, informándole que madame Drieu y miss Vaughan paseaban por el jardín mientras que Cosgrave, como todos los días, había salido desde muy temprano para darse una vuelta por su casa y atender a sus gatos. Siguiendo las instrucciones del propio Godwin, monsieur Drieu permanecía en cama, guardando reposo; la fiebre empezaba a ceder.

Recogían sus platos cuando volvieron las dos mujeres, quienes debido al viento y a a los augurios de lluvia se vieron obligadas a suspender el paseo. Platicaron durante varios minutos, hasta que miss Vaughan tuvo que marcharse a la cocina y madame Drieu a descansar, pues se sentía un poco mareada.

Sin sol no había para qué levantar al señor de la casa, por lo que Godwin se limitó a conversar con él en su alcoba desde el mediodía hasta aproximadamente la una y quince, hora en que se retiró a la biblioteca para hundirse en la lectura de algunos volúmenes de caballería que Alice le había recomendado. Bajó más de tres horas después. Ya Cosgrave estaba de vuelta para entonces y se hallaba en su habitación, traduciendo del latín un viejo libro perteneciente a la colección de rarezas de monsieur

Drieu. Minutos más tarde ambos médicos, Alice y miss Vaughan, acudieron al comedor, donde todo transcurrió sin incidentes.

Luego de una agradable y tranquila sobremesa, miss Vaughan se levantó para llevarle un plato de sopa a monsieur Drieu. Los otros, aprovechando que se abría una brecha de claridad en el cielo nublado, decidieron salir al jardín para su charla vespertina. Kathy y las dos muchachas que completaban la servidumbre habían concluido sus quehaceres, por lo que se les permitió retirarse; vivían al otro extremo de la población y a diario llegaban a primera hora para ponerse bajo las órdenes del ama de llaves.

Salieron pues los tres viejos amigos y se sentaron al abrigo del árbol predilecto de madame Drieu, hasta donde fue Pelham a servirles el té. Sin previo aviso, la mujer comenzó a entonar una serie de tristes melodías galesas que, no obstante la rara guturalidad del idioma, lograron llenarlos de melancolía. Transportados a ese peculiar estado, no llegó a incomodarles que el cielo se encapotara ni que las corrientes de aire fuesen volviéndose cada vez más severas. De pronto, ella se llevó las manos al vientre y lanzó una ronca exclamación. Godwin y Cosgrave, dispuestos con anterioridad para lo que ahora sucedía, actuaron sin titubeos. El primero disponiendo todo lo necesario, el segundo ocupándose de preparar a la futura madre.

Godwin despejó la cama y la mesita de noche y corrió las cortinas; salía de la habitación cuando apareció Cosgrave llevando del brazo a madame Drieu. Abajo, en la cocina, puso al fuego una infusión para el señor de la casa, dándole instrucciones a miss Vaughan de que, luego de explicarle lo que sucedía, se la hiciera beber y permaneciera a su lado; finalmente, vertió agua limpia en una tinaja y volvió al piso superior. Cerró la puerta del gabinete y avanzó en penumbra hacia la alcoba; Cosgrave yacía de bruces en el suelo, junto a la cama. Godwin gritó su nombre una, dos, tres veces; al no obtener respuesta dejó la tinaja en la mesita de noche y, temblando, se inclinó para tomarle el pulso; era normal. En aquel momento, los gemidos de madame Drieu cobraron desmesuradas proporciones, como reclamando la prioridad de la mujer sobre cualquier imprevisto.

Sé bien que para las costumbres tradicionalistas ya el simple hecho de que dos hombres, médicos o no, atiendan a una parturienta, puede parecer abominable, por lo que no cometeré, la imprudencia de entrar en detalles molestos; detalles que, aunque del orden natural y por ello dignos temas para ciertas áreas del saber humano, mencionados en otras atentan contra todo respeto, motivando un escándalo y una ofuscación enteramente justificables. Diré simplemente que la escena de este caso en particular, evocada por Godwin, transmitía una sensación tal de espanto y repugnancia que, cuando Holmes le pidió repetirla nuevamente, tuve que salir del vagón, incapaz de escucharla una vez más.

Luego de estrechar en sus manos a la pavorosa criatura, la dejó en la cama y salió corriendo de ahí. Entre los confusos recuerdos que guardaba de lo sucedido después, se veía bajando las escaleras, atravesando el salón y topándose con Pelham, que seguramente volvía de atender al gibón, como todas las tardes.

En adelante, su memoria amontonaba una confusión de rostros, voces, callejuelas, vagones y paisajes sombríos. Al parecer, totalmente fuera de sus cabales, fue gritando por el pueblo lo que acababa de sucederle y sólo paró de vociferar una vez que el tren estuvo bien lejos de Glastonbury.

IV

Llegamos con la puesta del sol.

Sea por el aspecto que cobran ciertos lugares antiguos al multiplicarse las sombras o por el motivo de nuestra visita, el caso es que la primera visión de callejuelas y edificios recortados contra el fondo del crepúsculo produjo en mí una oscura inquietud, como trayéndome a la memoria el recuerdo de cosas que no he vivido (algo que le sucede a todo el mundo en determinadas circunstancias).

Por completo ajeno a estas sensaciones mías, Holmes miró atentamente en torno nuestro y avanzó con paso decidido hacia el único coche que había fuera de la estación. Al oír adónde nos dirigíamos, el cochero no pudo reprimir un gesto de temor, mismo que persistió en las miradas furtivas que se dedicó a lanzarnos durante todo el trayecto.

Lo que más poderosamente llamó mi atención mientras atravesábamos Glastonbury, aparte del marcado nerviosismo de este hombre, fueron las ruinas de su ancestral abadía, cuyo raro carácter, al extender su influencia sobre las construcciones más antiguas, había logrado sobreponerse al paso de los siglos.

Pronto avistamos la vetusta tapia que, a modo de muralla, rodeaba la propiedad de los Drieu. La reja de acceso, trabajada según el gusto laberíntico e inarmónico de la vieja cultura celta, estaba abierta de par en par, pero el cochero se negó a trasponerla y a llevarnos hasta la mansión, por lo que tuvimos que apearnos. No bien Godwin acababa de poner los pies en el suelo cuando ya los negros percherones, severamente fustigados por el látigo, arrancaron al galope dejando una nube de polvo tras de sí.

La noche caía rápidamente, surcada por fríos murmullos de viento y repentinas afluencias de hojarasca.

Avanzamos por un sendero empedrado que, luego de cien metros, bajaba siguiendo el declive natural de una breve colina, yendo a desembocar en la entrada principal. Lo primero que advertimos fue una negra y enorme pila de objetos indeterminados junto a la casona. En el aire flotaban abundantes volutas color hollín. Acercándonos, descubrimos que habían perecido entre las llamas numerosos libros, ropas, adornos y uno que otro mueble. Holmes se inclinó para recoger un puñado de ceniza.

—La hoguera fue encendida ayer, poco más o menos a esta misma hora —dijo, tras observarla durante unos segundos.

Mientras él caminaba alrededor del desagradable y polimorfo montículo, yo me concentré en los curiosos motivos vegetales y animales labrados en los muros. Curiosos no únicamente por su temática (árboles que semejaban cabras semejantes a hombres; hombres que semejaban árboles semejantes a cabras) sino por su realización, ya que se integraban de modo sorprendente al relieve natural de la piedra. A una mirada desatenta podían haberle pasado fácilmente desapercibidos, pero contemplándolos con detenimiento se advertía en ellos un trabajo aplicado, minucioso, si bien un tanto arcaico. Repentinamente, tuve la absurda sensación de que, al ser arrancados de la tierra, aquellos enormes bloques pétreos los llevaban ya grabados como un misterioso mensaje que la naturaleza fundamental del mundo escribía para los hombres.

Un escalofriante grito de terror vino a cortar el hilo de mis pensamientos. Surgía del interior de la casa. En ese momento me percaté de que Godwin no estaba con nosotros. Sin mediar palabra, Holmes y yo nos precipitamos hacia la entrada principal.

El salón era una sombría confusión de muebles rotos y cortinajes desgarrados. Por doquier aparecían piezas de la naturaleza más disímil: aquí los añicos de una vajilla, un enorme cuadro al óleo hecho jirones y varios trofeos de caza amontonados; allá vitrales quebrados, finas maderas astilladas y restos de armaduras, jarrones, escudos, tapices y utensilios de cocina. Parecía como si una manada de animales enloquecidos hubiese pasado por ahí la víspera, atacando todas las estancias con un furor sin límite.

El detalle que llevó a Godwin a gritar adquiría una apariencia demoniaca en la penumbra vespertina. Se trataba de una parda masa de carne y pelo colgada del candelabro central. Con la sangre escurrida de su cuerpo lastimado alguien había dibujado en la alfombra una enorme cruz.

—Es el gibón. Lo mataron a palos —aseveró Holmes con voz átona. Sólo por el brillo de sus ojos y el sonido de su respiración podía advertirse que aquello le afectaba de algún modo. Movimientos y gestos no acusaban en él ningún signo de inquietud.

Lo primero que me vino a la cabeza, tal vez como un natural mecanismo de defensa para eludir el pánico creciente que la escena convocaba, fue atender a Godwin, quien, de rodillas, con los brazos extendidos y los ojos en blanco, podía caer en cualquier momento víctima de un nuevo ataque. Al ver que me inclinaba sobre él, Sherlock me dirigió una áspera reprimenda:

—¿Eso le parece lo más apropiado, pudiendo haber por aquí varias personas que necesiten urgentemente sus servicios? Quien quiera que haya hecho esto no iba a limitarse a destrozar la casa respetando a sus ocupantes —y de inmediato se precipitó hacia la puerta más próxima.

Las sombras iban adueñándose de todo con una rapidez sobrecogedora. Me incorporé torpemente y fui detrás de Holmes, tropezando cada dos pasos debido en parte al desorden del lugar, pero sobre todo al miedo.

Peroles, bandejas, ollas, cazos, trozos de carbón y pestilentes sobras de potaje sobre el piso no dejaban mucho espacio en la cocina, como no fuera para algunos roedores e insectos que, al sentirnos, desaparecieron por los rincones provocando una multitud de minúsculos crujidos, chapoteos, zumbidos y golpes. En cuanto a las habitaciones de la servidumbre, no cabe destacar nada significativo: los mismos rasgos de violencia, la misma destrucción, la misma desolación inquietante sumiéndose en los oscuros territorios de la noche.

Volvimos al salón, donde Godwin continuaba arrodillado, boquiabierto e inmóvil, como si estuviese en trance. Tuve el impulso de dirigirme hacia él, pero Holmes, sin siquiera mirarlo, subía ya las escaleras y no quise arriesgarme a recibir una nueva amonestación de su parte; nuestros años de convivencia me habían demostrado que en circunstancias como aquella su actitud terminaba por ser siempre la más adecuada.

Arriba, las habitaciones presentaban aspectos tanto o más caóticos que en el piso inferior. Quizá la biblioteca, totalmente desmantelada y sólo con algunas hojas de papel sueltas flotando por aquí y por allá, fuera la más deprimente de todas.

Revisando el último de los aposentos ya me parecía que no encontraríamos a nadie. Sólo cuando atravesamos la desolación del gabinete advertimos que la alcoba se encontraba en un estado muy distinto al del resto de la casa. Por una misteriosa razón, que pronto tuvimos oportunidad de descubrir, había escapado a la furia de sus visitantes. La puerta tenía pintada una chorreante cruz roja, pero en el interior casi todo conservaba el que debió ser durante mucho tiempo su orden habitual. Y escribo "casi" porque nadie hubiera podido convivir durante mucho tiempo con aquella pestilencia malsana.

Esta vez las suposiciones de mi amigo no resultaron correctas. Nadie precisaba de mis servicios. Al hombre que encontramos habían dejado de serle útiles cuando menos desde dos noches atrás. Iluminadas por el cada vez más tenue resplandor del ocaso, sus facciones resultaban indefinibles, así que encendimos un velador de bronce que, como todos los objetos del cuarto, permanecía en su sitio.

El cadáver era el de un sexagenario enjuto y frágil, a quien la muerte había sorprendido entre las sábanas. La llama del velador, la expresión de sufrimiento que se congeló en su rostro al momento de morir, la tonalidad que su piel había adquirido desde entonces y el todavía primario estado de descomposición en que se encontraba, le daban un aspecto pavoroso.

—Demasiado débil para resistir la impresión de lo que estaba sucediendo con su propiedad —balbucí, meneando la cabeza y tratando de controlar los escalofríos que me subían por la espalda—. Porque se trata de monsieur Drieu, ¿no?

—En efecto, Watson, pero no fue la impresión de verlos lo que lo mató. Cuando llegaron ya estaba muerto. A ello se debe que, con excepción de esa cruz en la puerta, su cuerpo y su habitación continúen intactos.

—¿Está sugiriendo que su mujer y sus criados lo abandonaron aquí, sin importarles lo que pudiera ocurrirle? —pregunté, llevándome mi pañuelo a la nariz, pues el olor empezaba a resultar insoportable.

—Para la mayoría de las personas todo lo demás pierde importancia cuando ven en peligro la propia vida —respondió Holmes, quien, lejos de cubrirse, olisqueaba atentamente como tratando de percibir por encima del desagradable miasma un perfume sutil y delicado.

Luego se inclinó sobre el rostro del muerto y le separó los labios, rascando sus dientes con dos dedos.

—¡Por todos los santos! ¿Qué pretende...? —exclamé, horrorizado.

—Sostenga esto —ordenó él, tendiéndome el velador.

Apoyando una mano en su frente y jalando con la otra el maxilar consiguió abrirle la boca, que crujió. La nueva oleada de fetidez se filtró hasta mis pulmones a pesar de que seguía cubriéndome con el pañuelo. Holmes continuó inmutable, observando y pidiéndome que acercara más la llama, oprimiendo los labios yertos y tumefactos, murmurando palabras que yo no conseguía descifrar.

Al incorporarse mostraba en el rostro esa expresión de melancolía tan habitual en sus periodos de meditación profunda. Las sombras daban a sus afilados rasgos una apariencia por demás lúgubre.

Me quitó el velador de las manos y rodeó la cama escrutando detenidamente las sábanas y el piso.

—¡Por supuesto! —dijo al fin, y ya se inclinaba para recoger algo cuando su ceño se arrugó y sus miembros parecieron congelarse.

—¿Qué ocurre...?

—Shh —me interrumpió, levantando una mano.

De momento no advertí nada, pero poco a poco fueron llegando también hasta mis oídos voces, juramentos y sofocados gritos. La noche había caído; la incierta luz del velador extendía nuestras negras siluetas deformadas contra todos los objetos de la habitación. El ruido se acercaba.

Salimos de la alcoba y atravesamos el gabinete en silencio. En la escalera topamos con Godwin, víctima de un ataque de terror ante el cual los anteriores resultaban simples caricaturas, tal vez porque ahora, en lugar de hundirse en la inconciencia, daba la impresión de haber llegado a una conciencia total, donde la única lógica permisible y viable era la del miedo.

—Son ellos —susurró—. Vienen por nosotros.

Las voces ya nos llegaban con toda claridad. Godwin tomó de los hombros a Holmes y lo zarandeó un par de veces.

—¡Vienen por nosotros! —gemía, cuando mi amigo le propinó una bofetada rotunda, sosteniéndolo justo antes de que cayera rodando por los escalones.

—Encárguese de él —ordenó, y al punto lo tomé en mis brazos.

En las manos de Sherlock apareció súbitamente un revólver.

—Tal vez no sea necesario, pero vale más no correr riesgos.

—Es inútil —dijo Godwin, apoyado en mi pecho—. Ellos tienen la fuerza del Grial; por eso son inmortales. La tumba lo dice: *Jic jacet Arthurus, rexquondam, rexque futurus; rexquondam, rexque futurus*, "rey que fue, rey que será". Están aquí. Vienen por lo que les pertenece.

—¡Cállelo de algún modo! —espetó Holmes. Apagó el velador y se lanzó a la planta baja con la agilidad de un gato.

Mi descenso fue mucho más difícil. Godwin, en su delirio, no oponía resistencia pero representaba un peso muerto. Cuando alcancé la entrada, ya la luz de las antorchas filtraba retazos por doquier. Sherlock, agazapado tras la puerta, hizo un gesto con el revólver para indicarme que avanzara agachado. El hombrecito continuaba enunciando sentencias, pero con un volumen tan bajo que sus balbuceos eran casi imperceptibles. A rastras, lo llevé hasta donde estaba mi amigo. El griterío se había vuelto ensordecedor.

Poco a poco fue haciéndose el silencio. Sólo se escuchaban llamas crepitantes, agitadas respiraciones y uno que otro cuchicheo.

—¡Salgan, hijos de Satanás! —atronó una voz aguda y chirriante.

Sin dejar de murmurar, Godwin se abrazó con fuerza de mi cuello, provocándome una dolorosa sensación de asfixia. No podía gritarle (y de cualquier modo creo que hubiera sido inútil), por lo que me vi a obligado a utilizar los mismos métodos de Holmes: mi primer golpe fue demasiado cauteloso y la presión sobre mi garganta no cedió ni un poco; el segundo lo hizo trastabillar y finalmente caer sentado junto a la puerta. Acto seguido, comenzó a gritar con una voz inhumana, desprovista de cualquiera de los sentimientos que distinguen al hombre de las bestias. Era como escuchar a un jabalí moribundo o a un lobo hambriento articulando palabras y frases en un extraño idioma.

Sólo cierto nombre, mencionado una y otra vez en la monstruosa retahíla, permanece indeleble en mi memoria: *Magna Mater*.

La multitud, hasta hace unos momentos expectante y silenciosa, elevó un clamor cuya carga de coléricos y hostiles presagios acabó con la relativa frialdad que yo había conseguido mantener hasta entonces. Las rodillas comenzaron a temblarme y una especie de descarga helada surgió de la médula de mis huesos.

Como la luz de las antorchas fuera acercándose y el furor de las amenazas recrudeciéndose, Holmes atravesó el umbral de un salto y lanzó tres disparos al aire. Lo que había semejado una sola voz imponente se deshacía ahora en diversos murmullos, unos temerosos, otros todavía más airados.

—¡Deténganse! —graznó el mismo hombre que antes—. ¡Para oponernos a las fuerzas del infierno debemos permanecer juntos! ¡No dejemos que las artimañas de sus siervos nos confundan!

—Contrólelos o me veré obligado a volarle la cabeza de un tiro —gritó Holmes.

—¿Te atreves a desafiar los poderes de Dios...? —iniciaba el hombre cuando fue interrumpido por un nuevo disparo.

—El próximo irá dirigido a su frente. No me importa si luego vienen ellos a despedazarme.

—¡Alto! ¡Escuchemos lo que este esbirro inmundo tiene que decir!

Por algún motivo, los términos en que aquel hombre se expresaba redujeron en buena medida el temor que tenía de salir; era infinitamente más enloquecedor permanecer junto a Godwin, quien, hecho un ovillo en el suelo, sollozaba. Afuera Holmes, impasible, mantenía el brazo derecho firmemente extendido y le apuntaba con el revólver a un sujeto de más de cincuenta años, estatura mediana, facciones angulosas y desagradables, vestido rigurosamente de negro desde los brillantes botines hasta el largo saco, con pantalones de montar y sombrero de ala ancha. En una mano sostenía el mango de un azadón, cuya placa de hierro estaba caída a sus pies.

—Mi compañero y yo —inició Holmes— hemos venido para investigar los terribles sucesos que llevaron a esta mansión y a sus moradores a la ruina.

—Scotland Yard... —murmuró el hombre, rematando sus palabras con una desagradable risita que fue sonoramente secundada por la multitud—. Los que afirman velar nuestro sueño y el de nuestros hijos vienen por un llamado del demonio, acompañando a uno de sus vasallos. ¡Vean ustedes mismos cómo los espíritus del mal moran precisamente en las ciudades que se jactan de una infame y diabólica grandeza! ¿Que mejor lugar puede hallar el Maligno para esconderse que sus barracas inmundas, sus mugrientos limosneros, sus nubes de humo, sus habitantes hacinados como ratas y su olvido de la santa palabra de Dios?

—No pertenezco a Scotland Yard. Mi nombre es Sherlock Holmes y éste es el doctor Watson.

—Eso carece de interés, lo importante es a quién sirves. Si te mueve la luz infinita de Dios, yo, Ebenezer Compton, exijo que pongas en mis manos a aquel que los ha traído hasta aquí para sacrificarlo, ya que todos sus compañeros consiguieron huir de la ira divina.

—¿Escaparon?

—Sí, sólo pudimos atrapar a la bestia que, contra todo designio sagrado, fue llevada a fecundar en vientre de mujer, así como al abominable fruto de su unión.

—¿Qué es lo que está tratando de decir? —intervine, atónito.

—Desconocen toda la verdad, ¿no es así? Pues bien, hombres del avance y la civilización, hombres de la ciencia y el pecado; mientras ustedes se ocupan de llevar el mundo a la ruina, aquí seguimos luchando contra las fuerzas de la oscuridad. Cohabitando en horrenda unión, una mujer y un mono han engendrado al hijo de Satán; es por ello que, imitando a los antiguos cruzados, retomaremos el sagrado derecho a las armas y a la sangre. ¿Qué responden? ¿Nos entregarán al hereje?

Por un momento, mi más básico instinto de supervivencia, activado gracias a la actitud amenazante de aquella treintena de hombres, me hizo desear que Holmes aceptara.

Afortunadamente, él no compartía mi desesperado estado de ánimo. Cuando respondió, su voz seguía siendo helada e inflexible.

—No —dijo.

—La palabra de Dios ha sido enunciada: quien la escuchó pelea de nuestro lado, quien le dio la espalda no tiene más destino que la hoguera —bramó Compton, para luego añadir demencialmente—: ¡El Señor está en mí!

—¡El Señor está en mí! —corearon todos.

La primera antorcha lanzada cayó apenas a un palmo de mis pies.

V

CINCO disparos en rápida sucesión se elevaron sobre los gritos de la multitud. Sherlock Holmes todavía le apuntaba a Compton, pero no era su arma la que había hecho fuego.

Paralizados debido a la sorpresa, nuestros atacantes vieron rápidamente dispersadas sus filas por dos hombres que se abrían paso entre ellos enarbolando sendos revólveres. Uno de ellos era de tez extremadamente blanca, rostro de lechuza, cabello ensortijado y complexión frágil. Al otro lo conocíamos de sobra.

—¡Lestrade! —grité, experimentando una euforia y un alivio infinitos.

No puedo decir que le pasara lo mismo al inspector, en cuyo gesto podían advertirse irritación y perplejidad, pero nada que sugiriera que le agradaba encontrarnos ahí.

—¡Míster Holmes, doctor Watson! ¿Qué hacen ustedes en Glastonbury? Y precisamente en esta casa...

—La pregunta es más bien: ¿cómo hace la policía para llegar siempre tarde al cumplimiento de sus obligaciones? —cortó Sherlock secamente.

—¡Llovett: malditos sean tú y todos tus descendientes! —aulló Compton a su vez—. Has cedido a la tentación; has preferido la razón de tus pérfidos escrúpulos mortales por encima de la justicia divina. Pero pagarás cara tu traición. ¡Acabemos con él!

Sin embargo, el fervor de sus seguidores había menguado notoriamente con la presencia de la autoridad. Permaneció con el mango de su azadón en alto, indeciso entre descargarlo o no sobre el asustado hombre de rostro de lechuza.

—Supongo que éste es el que los encabeza —dijo el inspector.

—Brillante suposición, Lestrade —respondió Holmes, guardando su revólver en el abrigo—. Si sigue así, cualquier día le ofrecerán el puesto de comisionado.

El espigado policía experimentó un súbito enrojecimiento. Volviéndose hacia su acompañante, gritó:

—¡Por el amor de Dios, Llovett! Saque a toda esta gente de aquí; menos al anciano, que tiene mucho que explicar. —Luego, tras observar detenidamente a Compton, añadió—: ¿Podría decirme quién es usted y cuáles eran sus intenciones?

Éste, con una mueca de desprecio, le dio la espalda y se dirigió a la multitud.

—También por cobardía se gana el infierno. Si los asustan los representantes de la ley de los mortales, ¿cómo pretenden seguirme para hacer cumplir las leyes de Dios? ¡Ratas y no hombres deberían llamarse! —y dicho esto echó a caminar por el jardín rumbo a la salida, vociferando.

—¡Un momento! —gritó Lestrade—. ¡Le ordeno que se detenga!

—No es usted lo que se dice una persona muy persuasiva, inspector —observó Holmes—. Si le es igual, yo mismo podría informarle qué es lo que ha sucedido aquí. De cualquier modo, para castigar al responsable esta gente no nos sirve de mucho por el momento. ¿Quién es el hombre que lo acompaña?

—El sargento Llovett, de la policía de Somerset. Consideró que el problema era demasiado grande incluso para las fuerzas del orden del condado y fue a Londres a solicitar ayuda.

—Y lo enviaron a usted —murmuró mi amigo, con una sonrisa malévola—. ¿Cuándo fue eso?

—La mañana de ayer. Pero comprenderá que ya muchos problemas tenemos con el trabajo habitual como para preocuparnos por los problemas del orden en un sitio tan apartado como éste. Nadie hubiese venido de no ser por la insistencia de Llovett y porque la historia consiguió impresionarme vivamente. ¿Conoce todos los detalles?

—Conozco bastante más que usted, si es a eso a lo que se refiere; pero no tendré inconveniente en ponerlo al tanto una vez que le haya hecho dos preguntas al sargento.

El frágil hombre de rostro de lechuza había logrado convencer a los lugareños para que se retiraran y ahora venía hacia nosotros trayendo una antorcha.

Lestrade hizo las presentaciones y luego dejó que Holmes entrara en materia.

—Haga el favor de explicarnos cómo se enteró de lo que había ocurrido y por qué salió hasta ayer por la mañana.

Todas las palabras de Llovett parecían necesitar el respaldo de una serie de movimientos marcadamente nerviosos: ora se mesaba los cabellos, ora ordenaba el cuello de su abrigo o flexionaba los brazos y las piernas como si tuviera algún problema en las articulaciones.

—Me enteré igual que todos, por el doctor Godwin. Corría como loco por la calle y gritaba que lo había tenido en sus manos, que había desobedecido las advertencias de Dios, que estaba maldito. Casi di gracias al cielo cuando abordó el tren, pues de haber continuado así no me hubiese quedado más remedio que arrestarlo y permanecer cerca de él.

"Hasta ese momento nada podía hacerse, como no fuera esperar, pues no existía ningún delito. De modo que, después de la cena, me retiré al cuartelillo y estuve leyendo el diario. Ya para entonces sabía que el reverendo Compton estaba agrupando a la gente para venir aquí pero, puesto que no habían hecho nada todavía, decidí no intervenir; reunirse no es ningún crimen.

"Había anochecido cuando Kathy Windle, una chiquilla empleada como doncella por los Drieu, llegó acompañada de su madre para advertirme que el reverendo y su gente acababan de partir rumbo a la mansión armados con palos y antorchas. Aún no hacían nada que ameritara encerrarlos o tomar alguna otra medida, pero las mujeres me conmovieron con sus súplicas; así que las despedí prometiendo que actuaría inmediatamente, saqué del armario dos revólveres y los desarmé para limpiarlos y cargarlos; los tuve listos antes de dos horas. Para entonces otros vecinos vinieron a buscarme; la multitud había saqueado la propiedad y quemado en una hoguera la mayor parte de sus bienes. Comprenderán que el trabajo resultaba demasiado peligroso para que un solo hombre lo afrontara y, como al parecer todas las personas lograron escapar a tiempo, decidí aguardar hasta la mañana siguiente para pedir ayuda a la policía del condado. Luego, por boca de uno de los hombres que participaron en el saqueo, me enteré de los detalles y llegué a la conclusión de que un caso como éste sólo iba a poder ser resuelto por gente de Londres; como ya era demasiado tarde para salir de Glastonbury, me fui a dormir y abordé el primer tren de la mañana. El resto ya se los debe haber contado el inspector Lestrade."

La cínica narración del sargento me irritó sobremanera y estaba a punto de manifestárselo cuando Holmes intervino.

—Entonces ya sabrán que el reverendo Compton y sus hombres hallaron el cadáver de monsieur Drieu.

—Por supuesto —respondió Lestrade—. ¿Permanece ahí?

—Si no le ha surgido ningún compromiso repentino en los últimos quince minutos, así debe ser.

A pesar de que la luz de la antorcha era muy pobre, pude percibir que el inspector se ruborizaba una vez más. Con un gesto ordenó a Llovett que le siguiera y ambos se internaron en la mansión. Creí que nosotros haríamos lo mismo, pero Holmes se limitó a sacar una cartera con tabaco del bolsillo de su abrigo y se preparó una pipa.

—¿No va a continuar con sus investigaciones? —me atreví a inquirir.

—Eso hago —contestó, exhalando una bocanada de humo.

—¿Y ha llegado ya a alguna conclusión?

—Sí, aunque todavía me hace falta precisar ciertos detalles.

—¿Tiene idea de lo que ocurrió en realidad?

—Sé el quién, el porqué y buena parte del cómo. Y le ruego que no pregunte más. Ya sabe que no me gusta revelar mis conclusiones mientras no he tenido oportunidad de comprobarlas por completo.

Asentí y ambos permanecimos un rato en silencio. A la luz de la luna, la distante neblina iba espesándose y avanzando sobre los montes, las colinas y las grutas, hacia los antiguos y oscuros edificios de la inquietante ciudad. Daba la impresión de que, al amparo de las sombras, la naturaleza estuviese adquiriendo una conciencia que le estaba vedada durante las horas diurnas; como si todas sus manifestaciones obedecieran a una voluntad inteligente. No era sólo la neblina, sino el suave contoneo de las copas de los árboles, la caricia progresivamente helada del viento y el murmullo hasta entonces inadvertido de las aguas del río. Y no había en ello aún nada que produjera espanto, sino más bien mucho de apaciguador y reconfortante, como los pechos de la madre para un niño antes del sueño.

Lestrade y Llovett volvieron junto a nosotros a los pocos minutos.

—Arrasaron con todo —dijo el inspector—. En fin; habrá que ocuparse del cadáver, pero temo que no podamos hacer mucho más. Aun en el caso de que su familia quiera demandar a los vándalos, no me veo arrestando a toda la gente que acaba de marcharse.

—Bastará con que arreste al responsable directo de lo sucedido.

—¿Al reverendo Compton? —exclamó Llovett, aterrado ante la idea.

—De ninguna manera. Cuando él apareció, el asesinato ya había tenido lugar.

—¿Asesinato, Holmes? —pregunté sorprendido.

—En efecto. Monsieur Drieu no falleció de muerte natural.

—¿Pero quién...?

—Voy a rogarles que no me pregunten nada a ese respecto, pues aunque conozco la identidad de la persona que cometió el crimen no estoy todavía en condiciones de revelarla.

—Confieso —intervino Lestrade— que dadas las circunstancias yo también me encuentro un tanto aturdido. Me gustaría tanto como a usted encontrar en este caso un aspecto que pueda enfrentarse del mismo modo que los crímenes comunes. Pero considero muy poco serio de su parte querer inventar un asesinato.

—Ahórrese los discursos, Lestrade —bostezó mi amigo—. Creí justo aportarle algunos de mis datos, pero en vista de que le agrada tanto permanecer en la ignorancia no tengo nada más que decir.

Llovett contemplaba a los dos hombres con la boca abierta; de pronto, lanzó una repentina exclamación de temor. Al punto nos volvimos para averiguar qué era lo que había visto. Se trataba de Godwin, que surgía de entre las sombras; liberado del pánico, su apariencia era la de alguien que acaba de salir de una larga y penosa enfermedad.

En esta ocasión me correspondió a mí hacer las presentaciones, luego de las cuales Godwin se volvió hacia Holmes.

—Lamento mi actitud —dijo con voz muy queda y frágil—. Los sucesos de estos últimos días hacen que pierda la cabeza con facilidad y que mis ideas se confundan. Cuando le conté la historia, omití sin querer dos detalles que vinieron a mi mente hace un segundo, mientras estaba escondido. Pienso que no deben tener ninguna relevancia, pero como usted insistió tanto en la precisión de mi relato lo mejor será decírselos. Cuando Alice empezó a quejarse y ya estábamos por iniciar los preparativos para el parto, Cosgrave insistió en que hiciéramos un brindis en su honor.

—¿Con qué? —inquirió Sherlock.

—¿Perdón?

—¿Con qué iban a brindar si estaban en el jardín y no tenían más que té?

—Pues brindamos con té. Y cuando entré al dormitorio y lo hallé sin sentido, humeaba sobre la cómoda un incienso muy aromático.

—¿Incienso?

—Sí. Desde hace algún tiempo Cosgrave se aficionó a la herbolaria del Lejano Oriente; su casa siempre estaba impregnada de fragancias exóticas. Ésta en particular me era desconocida.

—Le agradecemos su ánimo de cooperación —suspiró Lestrade—, pero estoy seguro de que esos detalles carecen por completo de relevancia... ¿No es así, míster Holmes?

—Por el contrario. Arrojan un nuevo haz de luz sobre los hechos. No le culpo si no lo ve de esa manera, inspector; después de todo, yo poseo más información. Pero eso puede enmendarse: sugiero que el doctor Godwin permanezca con usted para que lo ponga al tanto de todo lo que sabe, mientras yo continúo con mis pesquisas. Por el momento, lo esencial para usted, como representante de la autoridad, es disponer de los restos de monsieur Drieu y descubrir el paradero de los demás ocupantes de la casa. ¿Nos vamos, Watson?

—¿En dónde podré localizarle?

—¡Oh, por eso no se preocupe! En cuanto vuelva, yo mismo me pondré en contacto con usted.

El inspector frunció el ceño; la idea estaba muy lejos de convencerlo. Llovett mantenía la antorcha en alto y escrutaba con aprehensión las sombras circundantes, mientras Godwin nos dedicaba una mirada desesperanzada, triste y vacía.

Sherlock Holmes y yo echamos a andar.

—Le haremos una visita a su amigo Cosgrave —me confió.

Ante nosotros, la oscuridad de la noche se abría embriagadora, impredecible y salvaje, como se abre la primera luz para un niño cuando abandona la segura protección del vientre de su madre.

VI

——VER una rama inclinarse en contra de la dirección del viento causa mayor terror que el más sangriento de los asesinatos. Puedo asegurarles que el pavor de una multitud ante un maniático armado no puede compararse con el que sentiría si una mañana el sol llegara a salir por el poniente.

Dicho esto, Cosgrave sirvió el té y dispuso ante nosotros una charola con galletas y panecillos.

——Esta región guarda misterios que el mundo ha olvidado; misterios que nacieron cuando al hombre aún le faltaban mil eternidades para aparecer en el universo; misterios que perdurarán después de que el último de nuestros descendientes se haya extinguido.

Sólo nos alumbraban dos velas y la sala resultaba en extremo sombría, sin que pudiesen advertirse más que rasgos aislados del decorado y los muebles. Como la casita estaba ubicada a las orillas del río, podíamos escuchar el rumor de las aguas como si fluyesen dentro de la misma habitación.

——¿Han oído hablar de Stonehenge? Es un círculo de piedras erigido a varios kilómetros al norte de aquí. Las piedras son enormes, planas, talladas toscamente y puestas de pie. ¿Un antiguo templo, un monumento...? Nadie lo sabe. El menos aventurado de los especialistas le da una antigüedad de tres mil años, pero entonces surge la duda: ¿cómo pudo un pueblo tan primitivo y rudimentario trabajar así las piedras?; dice una leyenda que fue mediante la hechicería del legendario Merlín, y créanme que la ciencia no ha podido dar una mejor explicación. Ése es sólo uno de los misterios de la antigua Bretaña. Luego está toda la cultura celta, sumida en las tinieblas, explicada por el hombre moderno a través de frágiles conjeturas. ¿Cuáles eran sus ritos, sus creencias, su concepción del mundo? Sólo podemos armar hipótesis, confesar nuestra incredulidad ante los testimonios de metal y piedra que aún perduran. Sabemos que los druidas de todo el resto de la Europa céltica venían para formarse aquí; los historiadores romanos los mencionan con temor, sugieren la práctica de horrendos sacrificios y rituales, relacionándolos con otros cultos prohibidos, pero no aportan mayor cosa.

Aunque mucho más delgado que en nuestros tiempos de estudiantes, Cosgrave seguía siendo fuerte, sólido y bien parecido. En el bigote y la todavía abundante cabellera mostraba ya algunas canas.

—Glastonbury fue el principal centro céltico de Bretaña. Curiosamente, sin que existan testimonios reales de evangelización, durante la ocupación romana se convirtió en el principal centro del cristianismo. Y si esa etapa se encuentra documentada ampliamente, tras el derrumbe de Roma vuelve todo a hundirse en las sombras y el misterio; los celtas regresaron a su antigua religión, su antiguo idioma y su antiguo modo de vida como si nada hubiera pasado.

La penumbra, el humo del té y los rumores naturales que llegaban de afuera hacían que la habitación pareciera diminuta, cálida, frágil, como el cascarón de un huevo a punto de quebrarse. Sherlock Holmes bostezó y me dedicó una afable sonrisa.

—El ciclo del Rey Arturo y los caballeros de la Tabla Redonda corresponde al siguiente periodo —continuó Cosgrave, tomando un panecillo—. Históricamente abarca en realidad un lapso de tiempo muy breve: desde la batalla de Monte Badon contra los sajones hasta la derrota definitiva de las fuerzas britanas; es decir que habla únicamente de la última década de paz y vida pública de los celtas. A partir de entonces comienza para ellos una difícil era de repliegue y resistencia que perdura hasta nuestros días.

—¿Hasta nuestros días? —pregunté.

—Por supuesto. ¿Quién si no está acarreándole a la corona tantas dificultades con sus afanes independentistas en Irlanda y Gales?

Mi amigo reprimió un nuevo bostezo y apuró de un trago todo el contenido de su taza.

—Le parecerá que esto nada tiene que ver con el caso que investiga, míster Holmes. Lo que quiero hacerle entender es que son otras las leyes que actúan aquí; leyes que posiblemente nada tengan en común con el pensamiento humano. ¿Se ríe? No lo culpo. Hasta el momento sólo he referido datos históricos generales que bien pueden ser explicados de un modo vulgar. Sin embargo, trate de explicar lo sucedido con la abadía de Glastonbury a lo largo de los siglos; el mito sobre su origen, al igual que todo el ciclo artúrico, parece cristiano pero es en realidad celta. Y no creo mentir si sugiero que en ese supuesto primer gran bastión de la cristiandad continuó practicándose durante muchísimo tiempo el antiguo arte de los druidas; ¿o es casual que se haya conservado en ella durante tanto tiempo la tumba de Arturo, último gran líder celta de la historia?

—Todo lo que usted dice es por demás interesante —interrumpió Holmes—, pero temo que carece de fundamento. Además...

—Aguarde. Lo que voy a contar ahora le demostrará que mis teorías no son tan infundadas. Cuando los sajones llegaron a Glastonbury, hallaron un grupo de iglesias cristianas, mismas que destruyeron por completo; sólo respetaron la mayor y más importante de ellas.

—¿La abadía en ruinas? —inquirí, recordando aquellos muros que tanta impresión me causaron a nuestra llegada.

—En efecto; el motivo por el cual no fue destruida continúa siendo un misterio. Con el ascenso de Wessex prosperó hasta que en una de las invasiones vikingas fue brutalmente saqueada. Ese es sólo el primero de una rara lista de hechos de violencia. Dos siglos después los normandos depusieron al abad y nombraron en lugar suyo a un monje de Caen.

Holmes dejó su taza sobre la mesa de centro y resopló con fastidio.

—Aún no se convence, ¿verdad? Pues escuche esto: en 1535 recibió la visita de los comisionados de Enrique VIII. ¿Por qué?

Otro misterio. Nada pudieron encontrar que ameritara un castigo, pero cuatro años después el monasterio fue completamente despojado y la comunidad dispersada. Al abad, junto con dos de sus monjes, se les hizo arrastrar por caballos y luego los cuerpos fueron decapitados y descuartizados, sin que hubiera forma legal de juicio; por orden directa del rey.

—¡No es posible! —exclamé.

—Busque en el libro de historia inglesa que le resulte más confiable y se dará cuenta de que no he inventado nada. ¿Por qué aquella furia? ¿Cuál de los crímenes humanos, por más monstruoso que haya sido, pudo provocar un castigo tan implacable?

—¿En dónde están sus gatos? —preguntó Holmes.

—¿Qué?

—Sus gatos. Godwin dijo que usted salía todas las mañanas de la residencia de los Drieu para venir a atender a sus gatos. ¿En dónde están?

—En el sótano. ¿Le interesa verlos?

—Después. Ahora, si no le molesta, necesitaría que respondiera a algunas preguntas.

Cosgrave se puso de pie y caminó hasta la ventana, desde la que podían verse el río y los árboles del bosque cercano.

—Los campesinos que atacaron la mansión se dan cuenta, en medio de su ignorancia, de que están enfrentándose a algo que es demasiado poderoso para ellos. No quieren combatirlo, sino simplemente mantenerlo fuera de su vista; por eso no han venido a buscarme a pesar de que saben dónde estoy. Tienen miedo; esa clase de miedo que tendría usted si el sol decidiera salir por el poniente. A veces la superstición también es una forma de sabiduría. Hágame caso y regrese a Londres; ocúpese de robos, asesinatos y secuestros antes de que la puerta para volver se cierre de manera definitiva.

—Creo haberle mencionado ya que se cometió un asesinato.

—¡Oh, sí, monsieur Drieu! Es triste que no haya podido contemplar su obra terminada.

—¿A qué se refiere?

—A nada. De cualquier forma no me creerían.

—Supongo que no. ¿Qué es lo último que recuerda antes del desmayo?

Cosgrave suspiró, dedicándonos una resignada sonrisa.

—Tuve muchas dificultades para subir a Alice a su habitación. Estaba sofocado y cuando atravesamos el gabinete todo comenzó a darme vueltas.

—¿Entonces no fue usted quien puso a quemar el incienso? —intervine.

—¿Incienso?

—No tiene importancia —aseveró Holmes—. ¿Qué pasó después?

—Desperté en mi alcoba. Miss Vaughan estaba ahí; dijo que era necesario abandonar la mansión, pues Kathy, la doncella, les había advertido poco antes de la inminente llegada del reverendo Compton y su gente; también habló de la historia que Godwin regó por todo Glastonbury. Cuando le pregunté por Alice y el niño me aseguró que todo había salido bien. Empaqué mis pertenencias, tomé un par de libros sobre los que estaba trabajando y volví a casa. Desde entonces no he salido.

—¿Se fue así como así? —dije, incapaz de creer lo que estaba oyendo.

Cosgrave se encogió de hombros antes de responder. A través de la ventana, el paisaje nocturno guardaba una apariencia de ensueño por efecto de la neblina y de la luna.

—Hubiera sido pura cortesía sugerir que vinieran aquí para esconderse; sabía de antemano que no iban a aceptar.

—¿Por qué?

—Porque deben cumplir con su tarea.

—¿Qué tarea? Puede que ya estén muertos.

—Watson, Watson. ¿Ha olvidado que Alice lleva en sus venas la sangre de Lancelot du Lac?

—¡Basta ya de eso, Cosgrave! —musité, frotándome el rostro con desesperación.

—Cualquier cosa que quieran saber en adelante nos llevará al mismo sitio. Yo se los advertí. Una vez pasado el umbral, es imposible volver. Todavía están a tiempo.

—Una última pregunta —dijo Sherlock Holmes—: ¿Por qué brindaron con té en el jardín usted y Godwin?

—Porque no había tiempo de ir a buscar whisky. ¿No es natural?

—Completamente.

—Sé que parecerá raro, pero para él todos esos detalles han sido siempre de gran importancia. En el fondo sigue siendo un niño.

Holmes asintió con la cabeza y se puso de pie.

—¿Podrá facilitarme su caballo? Es preciso que salga a realizar ciertas averiguaciones.

—¿Ahora?

—Ahora, Watson. Confío en que míster Cosgrave no tendrá inconveniente en hospedarlo.

Éste aseguró que sería un placer y, acto seguido, salimos para preparar el caballo. La noche era muy fría, los murmullos del bosque cercano se confundían con los de las aguas del río y nuestras voces en medio de la neblina sonaban tan incorpóreas como el eco.

—Es muy probable que mañana a esta misma hora estemos descansando en la sala del 221 de Baker Street —aseguró Sherlock, ya sobre el hermoso corcel blanco de Cosgrave. Hizo un gesto con la mano a modo de despedida y se alejó.

Viendo empequeñecer su figura desgarbada sobre el fondo de aquel paisaje, pensé que Londres, Baker Street y todo el resto del mundo estaban infinitamente lejos. Nada parecía real tras el velo de niebla que se extendía delante de mí.

—¿Sabe cuál era una de las cualidades que los griegos le atribuían al gran dios Pan? —dijo Cosgrave junto a mí, sobresaltándome—. La de poder inspirar repentinamente un gran miedo, un enorme espanto inmotivado.

—¿Por qué me dice esto?

—Porque a menudo durante la noche, cuando salgo a mirar el río y hay tanta neblina como ahora, el gran dios Pan viene a visitarme.

—Será mejor que entremos —balbucí, experimentando un hondo escalofrío.

—Sí. Creo que esta noche él se encuentra un tanto irritado. Vale más no darle motivos para acrecentar su cólera.

Volvimos adentro. Cosgrave abrió completamente las cortinas para que pudiera verse mejor el inquietante paisaje nocturno. Sirvió más té.

—Pensará —dijo— que quiero impresionarlo y que si cuento todas estas cosas es sólo porque me gusta ejercer sobre las personas determinado tipo de influencia, pero no es así. Yo creo en lo que digo. Siendo el mundo tan antiguo y vasto, resulta absurdo que el hombre haya llegado realmente a considerarse regidor de todos sus destinos y poseedor de todos sus secretos. Estimo que la soberbia humana habrá de acarrear muchos problemas en el siglo que se avecina.

Un reloj comenzó a repicar doce campanadas desde el piso superior.

—Los antiguos respetaban lo prohibido, acaso porque les era más próximo el tiempo en que sus poderes, infinitamente superiores a nuestra razón, gobernaban todo; sabían que tales poderes volverán tarde o temprano para tomar posesión de lo que es suyo. No hay una sola religión precristiana en la que no se aluda a este regreso con veneración y temor.

—¿Usted cree en esas cosas?

—No se trata de creer o no creer. Se trata de ver o no querer ver. El problema es que lo que está sucediendo en Glastonbury obliga forzosamente a ver, y no estoy seguro de que usted o su amigo estén preparados para hacerlo.

—Según sus teorías —dije, endulzando una nueva taza de té—, ¿qué es lo que sucedió? ¿Realmente pertenecen los Drieu a algún tipo de secta y realizaron un acto monstruoso con el gibón? Médicamente eso es...

—Acierta solamente en la primera parte de su hipótesis, Watson. Los Drieu, en efecto, forman parte de un antiquísimo culto que ha sobrevivido al paso del tiempo bajo el nombre de diversas deidades: Isis, Kul, Pan, Cibeles, Atys... y el santo Grial. Por el contrario, la idea de que el gibón tuvo participación en este asunto no pasa de ser otra muestra de ignorancia popular frente a lo verdaderamente divino.

—¿Divino? A mí todo esto me parece más bien diabólico.

—Amigo mío. Lo divino es al mismo tiempo supremamente malo y supremamente bueno; el universo se mueve gracias al enfrentamiento de estas dos fuerzas fundamentales. En este mismo momento una estrella devora planetas enteros con su luz y su calor, borrándolos para siempre, ¿y eso le impresiona? ¿O le causa remordimientos el hecho de que miles de especies hayan desaparecido de la faz de la tierra por obra y gracia de la selección natural, de la ley del más fuerte? Eso es lo divino. ¿No advierte usted en los ciclos de la luna y en el desarrollo de todos los organismos vivos un diseño cuidadoso, una voluntad inteligente frente a la que nuestra conciencia no es sino un débil esbozo, una mala caricatura? El hombre común sólo aspira a presentirla y venerarla bajo la forma de un dios. Otros tienen la posibilidad de convertirse en sus siervos desde el territorio de la luz, pero también desde la oscuridad.

"¿Qué territorio han escogido los descendientes de Lancelot, los nuevos adoradores de Cibeles, los actuales guardianes del Grial? Para la mayoría de los hombres, dado el destino que puede acarrearles, parecerá sin duda que se trata de las tinieblas, pero dígame honestamente: ¿dónde ubicaría usted a la estrella que devora planetas enteros?"

Cosgrave calló y se quedó contemplándome detenidamente. Cualquiera que fuese la expresión de mi rostro (¿incredulidad?, ¿molestia?, ¿miedo?) le provocó una torva sonrisa.

—Entiendo —murmuró—. Necesita una prueba para creer lo que he estado diciendo. Pues bien, se la daré.

Hubo algo en el tono de su voz que hizo que se me helara la sangre. Apagó las velas, de modo que sólo nos iluminaba el escaso resplandor lunar filtrado a través de la niebla. Con los ojos cerrados empezó a emitir una serie de extraños sonidos en los que poco a poco fui descubriendo cierta lógica inexpresable, cierta hilación que bien podría servir para definirlos como palabras de no ser porque su articulación era ajena a la de cualquier idioma conocido. Debido a la posterior lectura de cierto texto abominable puedo transcribir una versión aproximada de lo que decía:

—¡Ia! ¡Ia! ¡Ithaqua! Ithaqua cf'ayak vulgtmm. ¡Ia! ¡Ugh! ¡Ctulhu! ¡Fhtagn! ¡Shub-Niggurath! ¡Ithaqua naflfhtagn!

Aquello era en sí mismo impresionante, pero de momento no advertí que sucediera nada especial.

Poco a poco fue llegando hasta mis oídos, de manera muy tenue, una rara especie de música. Flautas distantes y melodiosas, tambores suavemente percutidos. Cosgrave había ido bajando la voz, de modo que su letanía ya sólo resultaba un susurro indescifrable y apagado. La música parecía venir acercándose desde el bosque, pero aún no era posible descifrar su melodía. Cerré los ojos y traté de sustraerme al rumor inquebrantable de las aguas del Brue. Lentamente, el agudo trinar de los caramillos adquirió mayor presencia. La tonada era alegre, vertiginosa, de extraños motivos que en cada requiebro daban la impresión de acelerarse más. ¿De dónde venía? ¿Del norte, del sur? Aún me era imposible determinarlo. Cuanto más se aproximaba, más rápida era; los alientos multiplicaban sus espirales mientras el ritmo, elevado hasta la locura por el golpeteo de los tambores, perdía su vago encanto inicial para transformarse en algo inquietante, molesto, sobrecogedor. Aquello ya no era solamente música; una serie de graves ráfagas de viento secundaban e incluso parecían dirigir al torbellino instrumental.

Una exclamación se ahogó en mis labios cuando al fin fui capaz de precisar el sitio de donde provenía la música. Ni del bosque brumoso ni de las más lejanas riveras del río. Flautas y tambores emitían su notas a una velocidad imposible desde el piso superior de la misma casa en donde estábamos. Ya volvía a ser difícil escucharlos, pues un viento ensordecedor, ese mismo en el que momentos antes parecieran estar apoyados, azotaba muros, árboles y aguas. Su ímpetu me llevó a creer que en cualquier momento saldríamos volando, despedazados por tal empuje implacable. ¿Cómo podía una fuerza así nacer tan repentinamente? Quise preguntárselo a Cosgrave, pero el bramido se hubiera tragado mis frágiles palabras, de modo que callé.

La música volvió con vigores nuevos pero completamente deformada, inaccesible, demencial. Era preciso que huyéramos, que tratásemos de ponernos a salvo; pero ¿adónde ir? Aquello debía extenderse en un radio de varios kilómetros. No quedaba más que resignarnos a nuestra suerte, aun cuando fuera ésta la más abominable de las ideas.

Sin embargo, el terror que hasta entonces había experimentado no puede compararse con el que sentí al abrir los ojos. Ese huracán que atronaba en mi cabeza, capaz de arrasar ciudades enteras y de elevar dentro de sí las más inconmensurables oleadas del océano, no había afectado a la neblina del otro lado de la ventana. Las siluetas de los árboles no se movían, las puertas y los postigos de las ventanas no estaban azotándose.

Afuera el viento no soplaba.

Lancé un grito que me quemó la garganta, vació mis pulmones y provocó que la mandíbula se me contrajera de dolor. Un grito del que no alcanzó a escucharse nada, pues el huracán y la música lo acallaron.

Un segundo después sólo se oía el pacífico rumor del río. Cosgrave, de pie, encendía otra vez las velas. Yo no podía articular palabra y pasaron varios minutos antes de que consiguiera hacerlo. Para entonces mi anfitrión se había preparado una nueva taza de té y bebía con expresión meditabunda.

—¿Qué fue lo que sucedió? —mi voz era afónica y débil.

—Un juego. Nada más. No soy lo que se dice un brujo consumado. Cualquiera puede aprender esas palabras y provocar que Ithaqua se estremezca en su prisión insondable. Traerlo de regreso es algo que va más allá de mi fuerza, mi entendimiento y mi valor.

Me hallaba aún demasiado asustado como para formularle más

preguntas o tratar de darle a lo sucedido una explicación razonablemente lógica.

—Descanse.

No había nada que deseara más en ese momento. Pero la sola idea de ir al piso de arriba, donde estaban las habitaciones, me provocaba un enorme pavor.

—Ahora ya sabe a qué me refiero cuando hablo del gran dios Pan.

Cualquier ruido extraño hubiese podido llevar mis nervios al límite de su resistencia. De modo que cuando empezó a escucharse el repicar de unos cascos en los alrededores de la casa, estuve a punto de lanzarme al piso para esconderme debajo del diván.

Cosgrave dejó su taza sobre la mesita de centro. Su anterior gesto de serenidad había dado paso a otro de profunda preocupación.

—Algo ha sucedido —dijo—. Jano está de regreso.

No entendí a qué se refería, pero igualmente me puse de pie y atravesé la estancia con él. Abrió la puerta.

Frente a nosotros estaba el hermoso corcel blanco en que minutos antes había partido Sherlock Holmes. Jadeante y nervioso, tenía las patas cubiertas de barro. Sus riendas colgaban hechas jirones, como si hubiesen sido rasgadas por las zarpas de un animal enfurecido.

VII

G RITÉ.

Nunca había experimentado hasta entonces los alcances últimos de un alarido. Era como si mi voz emergiese, no de la garganta, sino de rincones del espíritu que hasta entonces permanecían dormidos, aletargados, insensibles.

Delirante, envuelto en una tempestad de malignos presagios, tomé en mis manos las desgarradas riendas del corcel, que reculó espantado lanzando un estruendoso relincho. Ya Cosgrave ponía una mano en mi hombro, tratando de calmarme. Me volví hacia él y lo tomé de las solapas, agitándolo violentamente.

—Hay que salir a buscarlo. Debemos ir al pueblo en busca de ayuda. ¡Algo le ha sucedido! —gruñí con los dientes apretados, mientras por mi mente desfilaban escenas que ahora no me atrevo a transcribir; escenas de lo que, en medio de mi locura, imaginaba que había podido sucederle a Holmes. ¿Qué descarriada criatura de tiempos pesadillescos e inmemoriales deambulaba en medio de la niebla? ¿Podían ciertas fuerzas nacidas en la infancia del mundo seguir habitando aquellos bosques?

Cosgrave cruzó mi rostro con una seca y sonora bofetada.

—¡Contrólese, maldita sea! De ese modo sólo conseguirá volverse loco.

El golpe logró apaciguar mis temores, mas no disiparlos. De espaldas en la tierra húmeda, leñosa y fría, enjugué el abundante llanto que me corría por el rostro y apreté los párpados tratando de recuperar la cordura.

—Debemos esperar a que amanezca. En su actual estado jamás llegaría usted solo a Glastonbury y yo no puedo ir para allá. Piense en lo que sucedería si esos campesinos ignorantes se dan cuenta. Sería un suicidio.

—No podemos abandonarlo... —murmuré.

—Nadie querrá aventurarse a seguirnos para buscar a su amigo a esta hora. Además, con una niebla tan espesa, las posibilidades de encontrarlo son prácticamente nulas. No hay más remedio que aguardar. Vuelva a la casa mientras yo me encargo de Jano. En seguida le preparé un medicamento para que se tranquilice.

Obedecí, no porque las palabras de Cosgrave me hubiesen convencido, sino porque la perspectiva de quedarme indefenso y solo ante aquel paisaje resultaba aterradora.

No sé cuánto tiempo estuve recostado en el sofá, contemplando las siluetas grises de los árboles a través de la ventana y la niebla. Cuando fui capaz de reaccionar, mi anfitrión sostenía una taza humeante frente a mi nariz.

—Beba esto. Le ayudará. Voy a prepararle una habitación.

Dicho esto, subió por la escalera. Yo estaba a punto de beber la infusión que me había preparado, cuando advertí en ella un extraño aroma; su tono era casi violeta y guardaba pequeños trozos de una hoja que me era por completo desconocida. Sin pensarlo me levanté, fui hasta la ventana, la abrí y vacié el misterioso bebedizo en la tierra. Luego volví al sofá y aguardé.

—¡Vaya frío! —comentó Cosgrave a los pocos minutos, regresando a mi lado—. La cama está lista para el momento en que quiera irse a acostar. ¿Se bebió el remedio que le dí?

Por toda respuesta le mostré la taza vacía.

—Me sorprende. A la gente por lo general le resulta difícil aceptar su sabor. Está hecho con dos especies distintas de hierbas orientales. Provoca una grata sensación de paz y aletargada lucidez y es absolutamente inofensivo. Yo acostumbro tomarlo a menudo. ¿Siente ya sus efectos?

La noche anterior no había realmente descansado y las impresiones del día eran ya demasiadas, de modo que me encontraba en un estado muy parecido al que, según Cosgrave, provocaba la bebida. Asentí.

—Bien. Entonces, antes de que se retire, creo que podré exponerle mis ideas respecto de este caso con un poco más de calma. A veces, para realmente entender, es preciso que una parte de nuestra razón se adormezca y ceda su lugar a otro tipo de capacidades perceptivas.

"En los últimos meses he entrado en contacto con algunos textos sumamente reveladores. Digamos que son la respuesta a un sinfín de preguntas que venía haciéndome desde que llegué a vivir a Glastonbury. ¿Qué tan antiguo es el pasado? ¿Nunca se ha puesto a reflexionar sobre un término tan inquietante como la *noche de los tiempos*? El tiempo en que el tiempo no existía, el espacio en que el espacio no era. Se trata de más, mucho más que de un juego de palabras. Se trata de que un miembro de la frágil, insignificante y limitada especie humana penetre en los misterios de las fuerzas fundamentales, aún cuando para ello deba renunciar a su condición."

—¿Renunciar?

—Por supuesto. ¿Mas eso qué importa cuando se penetra en los procesos esenciales del universo? ¿Qué importa parecer un loco a los ojos de los hombres cuando en esferas superiores se es un dios? Yo le aseguro que muchos de los internos de nuestros manicomios poseen conocimientos suficientes para hacer que el mundo desaparezca, o que sea ocupado de nueva cuenta por los Primordiales. Esos locos han estado y están del otro lado. El problema es que no pueden regresar sin convertirse otra vez en sujetos ordinarios. Llegar y volver es una tarea para seres superiores. Iniciados, llámense santos o brujos.

—Pero el bien y el mal...

—El bien y el mal terminan por confundirse en el cosmos. Para los hombres sólo representan dos vías opuestas de acceso a lo divino; y eso en el mejor de los casos, pues con el tiempo han terminado por convertirse en simples instrumentos de las leyes y de la vida en sociedad. Mezquinos convencionalismos de una raza mezquina. ¿Usted considera que Jehová fue "bueno" con los hebreos o que Zeus "hizo mal" matando a su padre? Hasta en bobas y simplistas metáforas como la Biblia o la mitología griega se reconoce el poder primordial del que le hablo.

Aquel discurso iba llenándome de un espanto y una repugnancia absolutamente desconocidos. Me sentía afectado en algo vital pero innombrable.

—¿Usted se considera...?

—¿Un iniciado? No. Pero he pasado quince años de mi vida en contacto con uno. Me refiero a Alice, por supuesto. De modo que ahora veo todo claramente. Acepto mis limitaciones, aunque confieso sentir gran curiosidad por las dimensiones y saberes ocultos que nos rodean.

—No parece estar haciendo mucho esfuerzo para convertirse en un santo —dije, mesándome los cabellos. Echaba en falta más que nunca a Sherlock Holmes.

—Yo nunca dije que hubiera elegido la ruta del Bien —repuso Cosgrave, sonriendo de un modo maligno.

No podía seguir escuchando aquella aberrante serie de blasfemias. Traté de ponerme en pie de un salto, pero el cansancio acumulado en mis huesos apenas permitió que me incorporara lentamente.

Fue entonces cuando advertí que un coche se aproximaba. Llegaba muy nítido el repiqueteo de los cascos de su caballo y el rechinar de sus ruedas. Salí trastabillando.

La niebla había espesado y ya no podían verse las siluetas de los árboles. Sin embargo, no pasó mucho tiempo antes de que distinguiéramos la humilde carretela que venía acercándose. Se trataba sin lugar a dudas de uno de los campesinos de la zona, pero yo abrigaba la esperanza de que trajera noticias referentes a mi amigo.

—Peter Carnby —susurró Cosgrave a mi lado.

Cuando estaba a unos cinco metros de nosotros, el anciano frágil, macilento y encorvado, tiró de las riendas. Su escuálida yegua parda se detuvo en silencio.

—Buenas noches, doctor. Me alegro de encontrarlo levantado todavía. Es preciso que venga conmigo a casa. Dorothy se ha puesto muy mal; tiene una fiebre altísima y ha tosido sangre dos veces. Cuando salí para acá había empezado a decir incoherencias.

—¿Ha estado bebiendo las medicinas que le dejé?

El anciano se mordió los labios y nos miró con los ojos humedecidos.

—Su madre se opuso. Prefirió darle unos remedios caseros que no han servido de nada. Venga por favor. No quiero que mi niña se muera.

—Hicieron mal en desobedecer.

—Lo sé, doctor. Pero ya conoce usted a mi mujer. Venga conmigo, se lo ruego.

—Está bien, Peter. Voy por mi maletín y un abrigo. Salgo en seguida.

Ya dentro de la casa, seguí a Cosgrave al piso de arriba. Su habitación estaba adornada con unos pocos retratos familiares y dos estanterías de libros. Arrinconado junto a la ventana, un escritorio lleno de papeles revueltos dominaba el espacio.

—Cada vez que debo ocuparme de asuntos como éste, me siento profundamente impuro. Seguir sobreviviendo como un miserable médico rural cuando poseo conocimientos capaces de transformar el universo. Algún día venceré mis temores y abriré la puerta. Algún día me atreveré a pasar del otro lado del umbral.

Dicho esto, ya enfundado en un abrigo y con el maletín en la mano, volvió a la planta baja.

—Su habitación es la primera después de la mía. Recuéstese y duerma. Dados los efectos de la medicina que bebió, es probable que no despierte sino hasta media mañana. Nos veremos entonces.

No dije nada respecto al peligro que Holmes podía estar corriendo, pese a que consideraba que iba a ser necesario salir en su búsqueda en cuanto amaneciera. Resultaba evidente que debería arreglármelas solo. Temblaba al pensar que lo sucedido fuese obra de un plan preconcebido por Cosgrave.

Vi al desvencijado vehículo desaparecer entre la niebla, cerré la puerta y corrí las cortinas. Debía permanecer despierto, aun cuando el cansancio fuese agobiante y la soledad en aquella casa lograra llenarme de pavor. Quién sabe si cediendo al sueño no perdería instantes preciosos para la vida de mi amigo.

Deambulé por las diferentes habitaciones con un velador en la mano, sintiendo un vacío en el vientre cada vez que mi vista se posaba en la entrada del sótano, donde me pareció escuchar algunos ruidos. Sabía que ahí se encontraban los gatos de mi anfitrión, pero nada más, y mi estado de ánimo no se prestaba para ir a revisar. Finalmente, opté por permanecer en la recámara de Cosgrave, fisgando entre sus libros. Contrariamente a lo que cabía esperar después de nuestra larga plática, casi todos los volúmenes de sus estanterías se referían a temas médicos. Algunos títulos eran realmente inconseguibles y duré un buen tiempo admirándolos. No obstante, llegaron a aburrirme y terminé dirigiéndome con curiosidad al escritorio.

Debí haberme ido a dormir.

Algunos papeles tenían la tinta fresca todavía. Seguramente Cosgrave había estado trabajando en ellos hasta antes de nuestra llegada. Debajo suyo había dos pesados volúmenes de indudable antigüedad. El mayor tenía cubierta de ébano, un sinfín de arabescos que en su momento debieron ser plateados y un rótulo marrón ya ilegible. Al abrirlo emanó de sus páginas una insoportable pestilencia, similar a la que habíamos encontrado durante la tarde en la alcoba de monsieur Drieu; lo cerré de inmediato, advirtiendo que estaba escrito con caracteres rústicos en latín. El otro tenía pastas de piel de carnero sumamente repulsivas al tacto, sin ningún tipo de adorno o rótulo; el miasma que liberó al abrirlo era diferente, salvaje, casi corpóreo; daba la impresión de que en cualquier momento iba a saltar de sus páginas un jabalí hambriento; en la portadilla alcanzaba a leerse el título: *Cultes des Goules*.

Pasé a los papeles. Un legajo voluminoso sobresalía entre

el desorden de hojas sueltas. Era sin duda el texto traducido del volumen de tapas de ébano. La primera página decía lo siguiente:

NECRONOMICON
Abdul Alhazred
(de la versión latina de Olaus Wormius)
Traducción al inglés: Cecil Cosgrave

Sosteniendo el libro original en una mano tomé asiento. Sólo me iluminaba la llama del velador; lo demás era oscuridad. No se oía otra cosa que el inalterable rumor de las aguas del río; lo demás era silencio.

Leí. Durante mucho tiempo, página tras página, incapaz de alejar los ojos de la apretada y fina escritura, fui llenándome de horror ante el innominable cúmulo de atrocidades que refería, sin poder creer que entre los hombres hubiese podido existir alguien capaz de escribir aquello. Toda noción de humanidad era meticulosamente aniquilada. Tras su lectura nadie podría volver a encontrar la paz. Yo, que sólo terminé con aquellas páginas traducidas (acaso la décima parte del libro), sigo despertando a media noche y sobresaltándome a menudo cuando el sol vespertino muestra matices nuevos, la tierra se estremece o el viento parece producir sonidos musicales en las hojas de los árboles. ¿Cómo expresar ese terror? ¿Cómo olvidar por completo? ¿Cómo responder al inexplicable dístico que a veces aparece en mis labios?:

Que no está muerto lo que puede yacer eternamente,
Y con los evos extraños aun la muerte puede morir.

Volví a cubrir el manuscrito con las hojas sueltas y me incorporé torpemente. El pesado, antiguo y aborrecible volumen de tapas de ébano cayó al piso, abierto de par en par. El hedor de sus hojas llegó de lleno a mi rostro, provocándome un penetrante dolor en la mitad de la frente; mas ese dolor no es sino la parte del miedo que puede traducirse en palabras. Lo demás nunca seré capaz de transmitirlo.

Bajé corriendo las escaleras, tomé mi abrigo del sofá y salí al frío, a la noche, a la niebla, profiriendo gruñidos y gritos que el murmullo de las aguas se tragó. Sentía mis manos impregnadas por dos distintos aunque igualmente pánicos olores: uno de tumba violada y cuerpos en putrefacción, otro de animal furioso, desbocado y ciego. Llegué al río y me lavé las manos con fuerza, arañándome las palmas salvajemente. El olor no se iba.

Comenzó a soplar un viento muy suave en el que lograba escucharse de manera inconfundible una música de percusiones y caramillos en progresivo ascenso rítmico. Las ramas de los árboles se movían al compás del viento, pero no con ese vaivén caótico que nos hemos acostumbrado a atribuirle a todos los movimientos de la naturaleza, sino con una armonía y una cadencia que no me atrevo a calificar más que de monstruosas. Traté de correr y caí al agua. Volví a levantarme. Corrí.

El mundo de los hombres había desaparecido. Todo era niebla, viento, humedad y vegetación. Por suerte no se veía el cielo, pues en aquel momento nada hubiera sido más devastador para mis sentidos que la imagen grotesca de la luna.

De pronto me encontré en un largo camino, bordeado por dos hileras de árboles enormes. Seguí corriendo por él, pensando que tarde o temprano debía llegar a alguna población. Era paralelo al río y las aguas refulgían entre troncos, hojas y ramas.

Hubo un momento en que las fuerzas me empezaron a fallar y tuve que pararme a recuperar el aliento. Fue entonces que advertí el estrépito de un galope cercano. Venía en mi dirección. Casi di gracias a Dios. Por fin otro hombre, por fin el mundo seguro y confiable en que había vivido desde mi infancia. Pero el galope parecía demasiado agudo y corto para ser el de un caballo. Traté de controlar el resuello para poder oír mejor. Mi anterior felicidad se diluyó en un miedo desaforado cuando vi que por entre los árboles se aproximaba un macho cabrío enorme, bufante y negro, de ojos brillantes.

Eché a correr una vez más, pero ya las piernas no me respondían y el animal galopaba a mi paso, infestando todo el aire con un olor indescriptible, propagando una sensación de maldad que no es posible expresar con palabras. Me desplomé en un recodo de la vereda emitiendo un agónico grito, sintiendo que el aire quemaba mis pulmones, con los nervios llevados al límite de su resistencia.

El carro estuvo a punto de arrollarme. Vi alzarse ante mis ojos los cascos del percherón que se detenía en dos patas. El cochero lo tranquilizó con una frase que mi memoria no retiene y luego vino hasta mí.

—¡Qué diablos le sucede! Pude haberlo matado —dijo. Era un joven de tez pálida y cabello oscuro, vestido con un gastado abrigo. Su aliento tenía un leve dejo de alcohol—. Pero si tiene las ropas empapadas. ¿Qué le sucedió?

Traté de decir algo, pero fui incapaz de articular palabra.

—¡Melanie! ¡Ven a ayudarme!

En pocos segundos, apareció ante mí una muchacha de rasgos tenues y afilados. Los negros rizos caían con gracioso desorden, cubriéndole la mitad del rostro.

Fue ésta la última imagen que percibí antes de que un desmayo me regalara la bendición de la inconciencia.

VIII

—Es mejor que no se levante. Ha pasado una noche llena de sobresaltos, diciendo cualquier cantidad de barbaridades y temblando de una manera espantosa.

Su butacón estaba colocado junto a una ventana, de modo que la luz matutina le pincelaba la mitad del rostro y el viento mecía sus cabellos de cuando en cuando. Sobre las rodillas se había echado un cobertor de lana. En una mesita tenía una botella de whisky, ya bastante menguada, y un vaso.

—¿Ha pasado aquí toda la noche? —pregunté, al advertir las sombras violáceas que enmarcaban sus ojos.

—Bueno... toda la noche es un decir. Lo recogimos cuando era ya muy de madrugada —respondió ella—. Siga acostado.

—No puedo —aseveré, descobijándome—. Debo ir en busca del inspector Lestrade... ¡Dios mío!

Tan rápido como salí de la cama volví a meterme en ella. Estaba completamente desnudo.

—Pero... ¿usted?

La joven dejó escapar una débil carcajada.

—No se alarme. Quien lo desvistió fue Francis.

—¿Francis?

En ese momento entró a la habitación el joven que estuviera a punto de arrollarme. Traía en las manos una bandeja con té, galletas y algo de fruta.

—Por fin despertó, ¿eh? Vaya noche la que ha pasado.

—¿Qué hora es?

—Casi las once. Ha dormido cerca de ocho horas. ¿Cómo se siente?

—Bien. Justamente le decía a la señorita...

—Señora —interrumpió ella, acariciando la cabeza del joven—. Desde hace tres días soy la señora Horton.

—Mis más sinceras felicitaciones —ambos echaron a reír como si se tratara de una ocurrencia muy graciosa—. Yo soy el doctor John Watson, de Londres. Decía que necesito levantarme inmediatamente para ir en busca del inspector Lestrade.

—¿Inspector de policía? —preguntó Francis, intercambiando una mirada con su esposa.

—Sí. De Scotland Yard. Vino para investigar lo sucedido en la mansión de los Drieu.

—¿Qué pasó?

—¿Es posible que no se hayan enterado?

—Fuimos a casarnos a Londres —dijo la mujer—, llevando como testigos a una pareja de amigos nuestros. Llegamos ayer por la tarde y estuvimos celebrando en su casa. No hemos visto a nadie más.

Me encogí de hombros y les relaté todo a grandes rasgos. Todo, excepto la insólita experiencia que me había llevado hasta ellos; jamás hubiesen creído que tal pesadilla fuera cierta. Para justificar mi abrupta aparición insistí en la urgencia que sentía por encontrar a mi amigo.

—Este lugar parece incitar a la locura —comentó Francis, tendiéndome una taza de té—. Desde hace una semana han venido juntándose, a pocos kilómetros de aquí, varias decenas de lunáticos. Dicen que se avecina el fin del mundo y pretenden realizar no sé qué extraño rito en las ruinas de Stonehenge. Incluso consiguieron uno de esos globos que elevan a la gente en una canastilla, pues afirman que los antiguos moradores de esta zona dejaron enormes mensajes escritos en la tierra y que sólo pueden leerse desde las alturas. Sectas misteriosas, hermandades secretas, danzas a la luz de la luna. A veces siento como si viviera dentro de un cuento de hadas.

—¿A qué se dedica usted?

—Escribo en algunos pequeños diarios y gacetas.

—Ah, periodista.

—No. Dinamitero —rió ella.

—¡Melanie!

—También las palabras explotan. No te enfades. Vamos a brindar por Bakunin. Presiento que el doctor Watson es de fiar. Aunque tenga por amigo a un policía.

—Mi amigo no es policía, sino detective consultor.

—¿Detective qué?

—En otra oportunidad se los explicaré con todo gusto. Ahora les ruego que me den mis ropas. No puedo perder un minuto más.

—Deben estar húmedas todavía. ¿Por qué no le prestas algo, Francis?

—No, no, no. Ya les he causado muchas molestias. Ni siquiera dejé que durmieran.

—Por eso no se preocupe. Estamos esperando a un amigo —aseveró Francis.

—¿Qué cara pondrá cuando sepa lo que pasó en casa de su pariente? —rió ella otra vez.

—¿Pariente?

—Querida, pienso que lo mejor es que te vayas a dormir. Has bebido demasiado.

—¿A qué pariente se refiere?

—No tiene importancia. Nuestro amigo, al igual que madame Drieu, es galés, pero detesta a las personas de buena posición, en especial a aquellas que presumen de linaje ilustre. Así que Melanie no pierde la oportunidad de molestarlo diciendo que pertenecen a la misma familia.

—Pertenecen a la misma familia —insistió la joven.

—Estás siendo odiosa, Melanie. Voy a buscar una ropa para el doctor y en seguida te meteré en la cama.

Salió. Fue hasta ese momento que pude observar más detenidamente el sitio donde me encontraba. Las sábanas tenían más de un remiendo, las paredes y los muebles mostraban un notable deterioro y, salvo los utensilios del juego de té, todo parecía de calidad más bien modesta.

La joven señora Horton me miraba con una sonrisa en los labios. Era una de esas mujeres capaces de provocar, aun algo bebida, que todo a su alrededor adquiera un aire encantador.

—Sé lo que piensa —dijo—: ¿En qué cueva de locos he venido a caer? Y tiene razón. La semana pasada teníamos suficiente dinero para sobrevivir durante varios meses, pero a Francis se le metió en la cabeza la idea de tener un caballo y un coche. Ahora en casa sólo hay para comer lo que usted está viendo. Por eso tuvimos que casarnos; es el requisito para que pueda entrar en posesión de la parte de la herencia que me toca.

Volvió a reír.

Luego permanecimos en silencio hasta que su marido volvió con unas ropas en la mano.

—Lamento que el traje sea ya un poco viejo.

—Por favor. No tiene de qué disculparse. Bastante ha hecho ya por mí.

A regañadientes, la joven aceptó irse a acostar. Yo me levanté y me vestí tan rápido como pude. El saco me quedaba sobrado y el pantalón justo, pero podía salir a la calle. Ordené la cama y abandoné la habitación.

La estancia tenía el mismo piso de madera crujiente y oscura y las mismas manchas de humedad en las paredes. Una mesa triste y sórdida en un rincón, dos taburetes en otro, un librero atestado de periódicos amarillentos junto a la ventana. Realmente poca cosa. Calculé que apenas debía haber otras dos habitaciones aparte de la que acababa de abandonar.

Conforme iban pasando los minutos, una honda sensación de desamparo se apoderaba de mí. Procuré dispersar los recuerdos de la noche precedente concentrando mi atención en el único objeto decorativo que saltaba a la vista: un cuadro de colores brillantes y violentos. Representaba unas flores (girasoles, probablemente) en una maceta. Podía haber sido realizado lo mismo por un niño que por el más desequilibrado criminal. Sus colores eran grotescos, su trazo burdo, su acabado general insultante.

—¿Le gusta? —preguntó Francis junto a mí.

—Es interesante —conseguí farfullar.

—Maravilloso diría yo. El holandés loco que lo pintó era un genio. Bastaba con mirarlo a los ojos para advertirlo. En cierta ocasión se cortó una oreja para dársela a una mujer. Antes de casarse piense si sería usted capaz de hacer eso por su futura esposa; en caso contrario cancele la boda; el matrimonio no funcionaría.

Traté de sonreír, pensando que se trataba de otra de sus raras e incomprensibles bromas. No era así; al volverme hacía él me dí cuenta de que hablaba completamente en serio.

—Debo irme —dije.

Asintió y, bostezando repetidamente, me indicó el camino que debía seguir para llegar al cuartelillo de policía.

—Perdonará que no lo lleve yo mismo, pero mi amigo puede aparecer de un momento a otro.

En efecto. No bien había dicho esto cuando alguien llamó a la puerta. Francis abrió. Su amigo era de estatura mediana, cabello castaño, rostro alargado, tez morena y boca prominente. Andaba arqueado, pero sus movimientos revelaban una gran agilidad y fortaleza. El cuello alzado de la chaqueta y la gorra caída le conferían un aura de reserva y misterio.

Se estrecharon en un fuerte y silencioso abrazo. Francis procedió a las presentaciones.

—Dan, el doctor Watson, de Londres.

—¿Y Melanie? —preguntó el visitante, estrujando mi mano con un salvaje apretón.

—Durmiendo. Ha pasado toda la noche en vela.

Interrumpí su naciente charla para despedirme, prometiendo que regresaría para devolverles la ropa.

Salí de aquel pequeño vecindario entre las correrías y los juegos de los niños. Ellos serían adultos dentro de veinte años, ya en el siguiente siglo. Traté de imaginarlos fuera de ahí, tan confundidos y temerosos como yo frente a la locura del mundo.

No pude.

IX

VEINTE minutos después de abandonar la casa de la pareja, llegué al cuartelillo de policía, donde un muchacho me informó que Lestrade y Llovett habían partido poco antes rumbo a la mansión Drieu. Acababa de llegarles un telegrama. Prometí entregarlo y eché a caminar. No disponía ni siquiera de un penique para poder alquilar un coche. Mis pertenencias se habían quedado en casa de Cosgrave.

Era cerca del mediodía, pero el clima neblinoso, húmedo y frío, neutralizaba las huellas que permiten advertir el paso del tiempo. Bien podían ser las seis de la tarde o la hora del amanecer. Esa atmósfera tan propicia para la melancolía, sumada a la apariencia de la ciudad (sobreviviente en arquitectura y trazo a tiempos ancestrales), dio nuevo aliento a mi temor y mi congoja. El trayecto me pareció extremadamente largo; la ropa no me permitía caminar con soltura; equivoqué el camino y tuve que dar un enorme rodeo. Empezó a lloviznar.

Holmes debía haberse separado de nosotros después de las once, así que se cumplían ya doce horas de su desaparición. De pronto sentí que mi empeño era inútil y absurdo. ¿Qué explicación lógica servía para aquella suma de hechos aberrantes? ¿Qué razonamiento? ¿Qué esperanza?

Finalmente llegué. La reja estaba cerrada, pero bastó empujarla con los dedos para que se abriera. Atravesé el jardín a toda prisa. Algo flotaba en el ambiente. Tal vez habitara ahí desde siempre, pero el día anterior me había pasado inadvertido. No tenía que ver con las ya inexistentes volutas de hollín, sino más bien con aquellas figuras labradas en la piedra del edificio que aparecía tras la breve colina. Tenía que ver con las historias de Cosgrave y mi carrera entre la niebla nocturna.

El montón de objetos negros continuaba ahí, como un enorme cuerpo retorcido. Envueltos en gruesos abrigos de lana, los dos policías y Godwin aguardaban junto a él. Al descubrirme vinieron en mi dirección.

—Me alegra que por fin aparezcan —dijo Lestrade—. Míster Holmes prometió ponerse en contacto con nosotros. ¿Por qué no lo hizo? ¿Qué ocurrió? ¿En dónde está él?

Dudé antes de decidirme a narrar lo sucedido. Parecía la invención de un demente. Opté por callar mis alucinantes experiencias personales y concentrar el relato en la desaparición de Sherlock. Pese a todo, los tres hombres quedaron por demás impresionados, en especial cuando mencioné las riendas del caballo, hechas jirones como por obra de una fiera.

—Es preciso organizar una partida para buscarlo. No importa lo que haya podido ocurrirle; debe estar en alguna parte —afirmó Lestrade, con un gesto de sincera consternación.

—¿Han venido por el cadáver? —pregunté.

—No. Dispusimos de él ayer mismo, luego de que ustedes se marcharan.

—¿Qué sucede entonces?

—Hace un rato llegó al cuartelillo un anciano encorvado, harapiento y maltrecho, cubierto completamente de tizne. Un deshollinador. Tratamos de echarlo, pues su sola presencia provocaba náuseas, pero tanto insistió en hablar con el inspector venido desde Londres, que no me quedó más que atenderle. Luego se empeñó en decirme su mensaje al oído. Eso me pareció demasiado y lo increpé para que se marchara; nunca había visto a nadie tan necio. Prevaleció en su absurda solicitud hasta que accedí. Murmuró en mi oído algo como: "No quedarán sin castigo los culpables. Prestos han de venir desde sus tumbas Sir Gawain, Sir Lancelot, Sir Galahad,

Sir Tristán y Sir Perceval para lavar la afrenta con sangre. Dentro de media hora, en la mansión. Arturo volverá. *¡Rexquondam, Rexque futurus!* ¡Rey que fue, Rey que será!" Luego, se puso a reír como un poseído y salió corriendo a la calle.

Me llevé las manos a la cabeza y alcé la vista hacia el cielo. ¿Es que aquella locura no iba a terminar jamás?

—Ya hace más de una hora —dijo Llovett cautelosamente, como queriendo disimular su miedo—. Tal vez no vendrá nadie.

—O tal vez lo que buscamos ya está aquí —susurró Lestrade.

Godwin temblaba de pies a cabeza, con una expresión febril y desolada en el rostro cadavérico.

—¿Por qué vino con ustedes? —inquirí.

—Por su propia seguridad. La gente continúa muy inquieta en Glastonbury. No es prudente dejarlo solo.

—Debemos ir en busca de Holmes ahora mismo. Nos necesita. Algo terrible le ha pasado.

—Comprendo sus sentimientos, pero es preciso averiguar lo que tendrá lugar aquí. No podemos consentir que los hechos violentos sigan repitiéndose.

—¿Cree en las palabras de ese anciano demente?

—Dadas las circunstancias, no tengo más remedio. Un buen policía nunca debe dejar cabos sueltos. Todo es importante. Eso dice míster Holmes, ¿o no?

—Pero aquí no hay nadie —insistió Llovett.

—¿Revisaron la mansión?

Mi pregunta fue como una ráfaga de viento helado. Lentamente nos volvimos todos hacia el antiquísimo edificio de piedra oscura, rematado por una torre siniestra. Deseábamos vivamente alejarnos de ahí, aunque nadie fuera capaz de explicar por qué. Permanecimos mirándonos unos a otros durante largo rato, esperando que alguien se decidiese a postergar la exploración para otro momento.

—Bien —carraspeó al fin Lestrade, quien había tenido menos oportunidad de enfrentarse al terror de aquel sitio—. Hagámoslo antes de que oscurezca.

Estuve a punto de comentar que apenas pasaba del mediodía, pero desistí, momentáneamente, avergonzado por nuestra temerosa actitud.

—Sea pues —dije, enfilando ya rumbo a la casa.

Godwin y Llovett intercambiaron una breve mirada, llena de macabros sobrentendidos. Aún no comprendo cómo se decidieron a entrar con nosotros; tal vez les aterraba más la perspectiva de quedarse solos ahí.

La penumbra era apenas más clara que el día anterior. En el salón principal se advertían algunos cambios. El mono había desaparecido y los objetos desperdigados abrían paso rumbo a la sólida escalinata principal.

—Esto lo hicimos nosotros para poder sacar el cadáver —informó el inspector.

—¿Y el mono?

—Enterrado en el patio trasero.

Repetimos la revisión llevada a cabo por Holmes y por mí, empezando en la cocina, siguiendo con los cuartos de la servidumbre y pasando al piso superior. En una de estas últimas habitaciones, desmantelada casi por completo, permanecimos durante más tiempo que en las otras, contemplando el sobrecogedor paisaje que se abría ante su ventana: un acantilado mucho más abrupto, profundo y desolado de lo que pudiera esperarse. Elevados muros de piedra primordial lo enmarcaban y lo volvían inaccesible. En su fondo crecían únicamente arbustos secos, zarzales y espinos; lo que, conociendo el ambiente boscoso y húmedo de la zona, resultaba imposible de explicar.

Luego subimos por una apolillada escalera de caracol hasta la torre. Desde ahí podían observarse tanto el trazo laberíntico de las calles de Glastonbury como una panorámica más completa del acantilado, en cuyos límites aparecía algo que hizo dar a mi corazón un vuelco en el pecho. Mis compañeros no debieron advertirlo, y fui incapaz de hacérselos ver; para ellos, igual que para el caminante que pasara por ahí a ras del suelo, se trataría de un curioso conjunto de riachuelos entrecruzados. No obstante, desde la altura en que me encontraba se advertía nítidamente que la conjunción de sus trazos resultaba en el cuerpo de un animal. De modo muy simple, pero inobjetable, el mayor de los cauces se curvaba para formar primero el lomo y luego una pata, otro definía la forma de la cabeza, uno más se intrincaba y retorcía completando los cuernos...

—¡Doctor Watson!

Lestrade me sujetó del hombro cuando estaba a punto de caer, lleno de vértigo por la visión, recordando el desprecio de los Horton hacia aquellas figuras labradas miles de años atrás, sintiendo que la inmensidad de la bóveda celeste se comprimía sobre nuestras cabezas.

—¿Se siente bien?

—Sí, no es nada. Sólo un mareo. Ya pasó.

Volvimos al salón principal.

—Eso es todo —suspiró Llovett—. Creo que ese deshollinador quiso gastarnos una broma. Vayámonos de aquí.

—Sí —añadí—. Hay que buscar a Holmes.

—Un momento —interrumpió Lestrade—. Todavía queda un sitio por registrar.

Llovett y Godwin retrocedieron instintivamente. Yo tardé un momento en comprender a lo que el inspector se refería. Cuando al fin recordé, un dolor helado se instaló en mi pecho.

—El sótano. Usted dijo, míster Godwin, que se utilizaba como bodega y despensa. Guíenos.

—No podemos...

—Déjese de tonterías. No hay tiempo que perder.

Todavía trató Godwin de oponer cierta resistencia, pero Lestrade permaneció inflexible. Aunque, como nosotros, deseaba marcharse cuanto antes, su celo profesional aún era más fuerte que su temor.

El acceso al sótano se hallaba al final de un largo pasillo en declive, unos metros más adelante de las habitaciones de la servidumbre. Estaba completamente a oscuras.

—Sargento, aún deben quedar por ahí algunas antorchas de las que traían ayer los aldeanos. Consiga dos.

Llovett volvió sobre sus pasos. Anduvo revolviendo los objetos dispersos en el salón y poco después estaba de regreso junto a nosotros.

Recorrimos el pasillo en fila india. A la cabeza el inspector, en seguida Godwin, luego yo y por último el sargento. Ambos policías portaban las antorchas.

Al final del declive, el piso se abría a una veintena de apolillados y crujientes escalones. Bajamos. El primer cuarto del sótano era la despensa. Apenas quedaban en ella un par de sacos de patatas, algo de harina y un sinfín de cascarones de huevo esparcidos por el piso. En repisas, ganchos, cajones y armarios no había más que grasa, restos de especias, frutas secas y botellas de vino vacías. Los indignados seguidores del reverendo Compton no habían desaprovechado la oportunidad de llevar consigo algunas viandas. El suelo seguía inclinándose en suave pendiente.

La bodega ya sólo guardaba polvo y basura. Envolturas, botes y cajas eran el único testimonio de que hasta hace dos días había almacenado velas, aceite, cuerdas, herramientas, madera y papel.

—Arrasaron con todo —dijo el inspector.

Aquella desolación nos permitió reparar en las inscripciones que poblaban los muros, todas en latín. Resentían el paso de los siglos y en muchas zonas se habían borrado por completo, pero su conjunto lograba sugerir claramente la apariencia de aquel sitio durante los largos siglos de dominación romana. Las molduras, las columnas, los capiteles... Cada detalle remitía a las más esplendorosas épocas del imperio. En cuanto a las inscripciones, debo decir que marcos, figuras y párrafos no estaban distribuidos de manera arbitraria; su acomodo revelaba cierta lógica, dando la impresión de que aquellos cuartos conformaron originalmente un modesto y reducido templo. Un santuario para la realización de ritos olvidados, cuyo altar se encontraría sin duda al otro lado de la puerta que estábamos por trasponer.

El último cuarto, tal como había dicho Godwin, era inutilizable debido a la humedad; el musgo lo tapizaba casi por completo, como si poco antes hubiese contenido un manantial o un pantano. Puesto que se incrustaba ya en la colina, su trazo resultaba por demás errático; el techo caía abruptamente en picada, formando una V casi vertical al llegar al suelo; los muros, con sus bajorrelieves en latín infinitamente mejor conservados, ora parecían curvos, ora groseramente angulosos o enloquecidamente poligonales. Digo que el cuarto era extraño a causa de la colina, pero mentiría si no confieso que en aquel momento su insensata arquitectura y sus planos blasfemos parecían a mis ojos la obra de una inteligencia superior.

—Aquí se realizaban los sacrificios para Atys y Cibeles —la ronca voz de Godwin hizo eco en la incómoda estancia con una sequedad antinatural.

—Miren.

Lestrade levantaba la antorcha iluminando el techo, cuyas inscripciones permanecían prácticamente intactas. Recuerdo que su arcaico mensaje recurría una y otra vez a los nombres de Atys y la *Magna Mater*, pero lo que más indeleblemente guarda mi memoria es la imagen en torno a la cual se distribuían las palabras: no era un hombre, ni un pez, ni un vegetal, ni una cabra, ni un molusco, pero tenía un poco de cada uno de estos seres, así como elementos que me es imposible describir. Godwin cayó de rodillas, Llovett se llevó una mano al rostro y ahogó un grito, Lestrade estuvo a punto de dejar caer su antorcha.

—Vámonos —gemí yo—. Aquí no hay nada.

Retrocedíamos atropelladamente cuando la voz del inspector nos detuvo.

—Aguarden. Ahí... abajo.

Buscamos con la vista el sitio que señalaba. A un palmo de la unión del piso y el techo había una baldosa libre de musgo. El detalle era raro en sí mismo, pero lo más increíble es que la piedra estaba movida de su lugar, dejando ver una negra abertura lo suficientemente ancha para que un hombre pasara a través de ella.

81

—No podemos —susurró Godwin—, no podemos...

—Si quiere, puede permanecer aquí —respondió Lestrade.

Lo miré aterrado. Asomándome a sus ojos pude advertir que el pánico operaba en él de un modo muy distinto. Mientras a nosotros tres nos paralizaba, nos invitaba a huir, a él lo impelía a seguir adelante, a no detenerse. Acaso sea ésta la auténtica cualidad de los hombres valientes, tan cercana a los impulsos del suicida.

Puso su antorcha en mis manos y se inclinó a fin de retirar por completo la baldosa. Para poder hacerlo tuvo que recostarse bocabajo y reptar hasta el fondo mismo de la V en que terminaba el cuarto.

—Acérqueme algo de luz —pidió después. Obedecí, incapaz de oponer la menor resistencia—. Hay unos escalones. Están muy gastados. Debemos bajar con precaución para no resbalar.

Acto seguido giró sobre un costado y deslizó sus piernas por la abertura. Ninguno tuvo el valor de detenerlo. Antes de desaparecer completamente sacó una mano solicitando que le devolviera la antorcha. Así lo hice.

No tomé la decisión de ir tras él: me movía una pura inercia. El terror aletargaba mi voluntad.

Los escalones, en efecto, eran casi una línea perpendicular erosionada por el paso de oficiantes y devotos a ceremonias perdidas en la noche de los tiempos. Lestrade me ofreció su hombro para apoyarme. Abajo se abrían las catacumbas.

—¿Qué ocurre? —apremió después, cuando la tardanza de nuestros compañeros se alargó en exceso.

—Vamos a esperarlos aquí —tartamudeó Godwin.

No hubiésemos podido hacerlos cambiar de opinión, así que enfilamos por la estrecha galería, mirando atentamente los frescos pintados en sus muros. Aunque muy deteriorados por la humedad y la carcoma, mostraban a las claras que su temática nada tenía que ver con los mitos cristianos, a cuyos practicantes perseguidos suele atribuirse por regla general la construcción de catacumbas. Esos cuerpos animales y humanos, esos paisajes de elaboración rudimentaria, terminados con colores que en su tiempo debieron ser brillantes, contaban otro tipo de historias. Historias de una fantasía por demás macabra. Faunos, centauros y glifos, así como toda una serie de representaciones incompatibles con cualquier mitología conocida, poseían igualmente un aura de progresiva malignidad. Ojos desorbitados, bocas sonrientes, garras y dientes afilados, tentáculos retorcidos, árboles de ramas desnudas, lagos solitarios, cañadas ensombrecidas, todo ejecutado con las técnicas más rudimentarias. Conforme el pasillo avanzaba en inalterable descenso, desaparecían las formas definidas, el esbozo de figuras reconocibles, para recurrir cada vez más a la sugerencia. Por fortuna, el mal estado en que se hallaban impidió que pudiéramos descifrar cabalmente sus insinuaciones; de otro modo temo que hubiésemos enloquecido ahí mismo. Al final del pasillo se abrían dos nuevas galerías: una ascendente, la otra descendente.

—Vayamos primero por la inferior —sugirió Lestrade con voz ronca—. De cualquier manera, tendremos que revisar ambas.

Bajamos media docena de escalones y torcimos a la derecha. El espacio era todavía más reducido. Los elementales muros, desprovistos ya de imágenes y adornos, practicaban una bóveda apenas insinuada a pocos centímetros de nuestras cabezas.

—Es muy corta —dijo el inspector.

En efecto. No más de una veintena de metros adelante, otra breve serie de escalones ascendía a lo que daba la impresión de ser un espacio mucho más amplio.

Al principio, bastó la gruta por sí sola para pasmarnos. De considerables dimensiones, tenía una forma cercana a la del cono (aunque no lo fuera en definitiva), con un muro frontal lleno de fisuras por las que se filtraba la luz del sol en raquíticos haces; dicha luz venía a caer sobre diversos pozos alzados a pocas pulgadas del suelo. Una fisura de trazo equívocamente romboidal, más grande que las otras, nos permitió descubrir, tras el muro, ese deprimente páramo que habíamos contemplado minutos antes desde la torre.

Cuatro esculturas, apoyadas en idénticos pedestales, se alzaban junto a cada uno de los pozos; representaban a seres tanto o más abominables que el grabado en el último cuarto del sótano. No me extenderé inútilmente tratando de describirlos; sería imposible. Diré simplemente que su sola visión bastaba para ennegrecer el alma, y que casi lograron hacernos retroceder. Sin embargo, aún restaba el peor descubrimiento.

La gruta inquietaba sobre todo por carecer de cualquier vestigio de vida. No había en ella insectos, ni ratas, ni musgo. Los rayos del sol eran una fosforescencia helada y pálida. El viento no existía. Por vez primera nos encontrábamos ante la muerte de manera total, despiadada, rotunda. No la tumba llena de gusanos, ni el cadáver putrefacto sobre el que se amontonan las moscas. No los oficiales mutilados que vi agonizar en batalla, no las víctimas cuyos asesinatos resolvía tan brillantemente Sherlock Holmes. La muerte definitiva, sin concesiones. Pero lo pavoroso radicaba más bien en descubrir que de esa nada, de esa devastación absoluta, emanaba una presencia tangible, amenazante, descomunal, inmensa. Fue tal vez entonces cuando la demente lucidez de mi conciencia pudo explicar aquel dístico monstruoso del *Necronomicón*, al que ya he aludido:

Que no está muerto lo que puede yacer eternamente,
Y con los evos extraños aún la muerte puede morir.

¿Qué nos movía a seguir adelante? ¿Una morbosidad ciega por experimentar los límites últimos del terror? ¿Una fuerza ajena, dueña de los espacios que recorríamos? No lo sé. El caso es que, dispuestos a asomarnos a los pozos para descubrir lo que contenían, avanzamos un par de metros. El suelo crujió con nuestros pasos. Miramos hacia abajo y, ahora sí, el pánico nos llevó a retroceder a toda prisa. El piso de la gruta estaba completamente recubierto de huesos humanos. El estado en que se encontraban no dejaba dudas sobre las circunstancias en que sus dueños habían perecido. Cráneos horadados, fémures retorcidos y costillares escrupulosamente rotos por la mitad hablaban de horrendos sacrificios, de orgiásticos festines para adorar a las imágenes malditas de aquellos pedestales. Entre las víctimas se contaban por igual hombres, ancianos, mujeres y niños.

—Regresemos —murmuré quedamente, como si temiera despertar a alguien. O a algo.

Lestrade asintió.

Volvimos a la bifurcación de la galería principal. Yo creía que con lo visto era suficiente, que ya no teníamos nada que hacer ahí. Mi compañero pensaba de otra manera.

—Debemos revisar este otro pasillo —aseveró.

Sin reparar en lo que hacía, embotados mis músculos y mi mente por un miedo animal, primitivo, original, tomé al inspector de las solapas y lo estrellé contra la pared tres, cuatro veces. La antorcha cayó a nuestros pies y empezó a extinguirse. Luego, mis manos crispadas buscaron su cuello y fueron cerrándose con fuerza; un silbido infrahumano escapó de mi garganta. Lestrade trataba inútilmente de soltarse.

Lo habría matado, pero en ese instante apareció un tenue resplandor naranja en la bifurcación ascendente que no habíamos recorrido.

—Alguien viene por ahí —susurré, soltando a mi presa. El resplandor se detuvo a un palmo del recodo, ocultándonos aún a la fuente que lo producía. Nuestra antorcha terminaba de extinguirse.

Echamos a correr. No bien llevábamos un par de zancadas cuando un cuerpo saltó detrás de nosotros. Giré la cabeza brevemente y vi a un hombre negro en cuclillas, sosteniendo una antorcha.

—Es el anciano, el deshollinador —gimió Lestrade sin detenerse.

Tropezamos y caímos una y otra vez. Todo adelante era oscuridad. Detrás, nuestro implacable perseguidor, custodio de secretos inmemoriales, continuador de extraños ritos que el hombre moderno creía felizmente enterrados, vociferaba, gruñía y gritaba cada vez más cerca.

Al fin, atisbamos la abertura por donde habíamos accedido a aquel mundo de pesadilla. Llovett, antorcha en mano, descendía a trompicones, seguido por un Godwin que era la imagen viva de un cadáver.

—¡Regresen! —bramamos—. ¡Salgan! ¡Viene tras de nosotros!

—¡Están aquí! —fue su respuesta.

Llegaban desde arriba, desde la casa, una multitud de enardecidas voces, sobre las que se destacaba, aún muy tenue, la del reverendo Compton.

La luz de la antorcha de nuestro perseguidor apareció en el último recodo. Temblando, Lestrade extrajo un pesado revólver de su abrigo.

El deshollinador se detuvo a una docena de metros, restregándose la cara.

—Guarde eso o terminará por lastimarse —dijo con una voz que yo conocía de sobra.

Caí de rodillas, incrédulo.

—¡Holmes! ¿Es usted?

Caminó hacia mí pausadamente, despojándose aún del tizne que ocultaba sus rasgos y, sonriendo, dijo:

—Elemental, Watson. Elemental.

X

En ese momento sobraban las explicaciones. Era suficiente saber que mi amigo estaba, no sólo con vida, sino dispuesto a poner en práctica sus asombrosas cualidades. En mí, su simple presencia bastaba para conjurar cualquier peligro, por más grotesco que fuese.

Lo estreché en un fuerte abrazo, ensuciando de tizne toda la ropa prestada que llevaba encima.

—Si no me suelta ahora mismo, estos caballeros comenzarán a entrar en conjeturas sumamente bochornosas para ambos. Además, creo que tenemos visitas.

Así era. Aunque distorsionadas y opacadas por la distancia, las voces de la multitud no dejaban lugar a dudas: el reverendo Compton había reagrupado a sus huestes.

Holmes se separó de mí, inclinó la cabeza ante los tres hombres que le miraban tan perplejos como yo, sacó un revólver de su sucia chaqueta y trepó ágilmente por los escalones. Todo esto sin soltar la antorcha.

—Rápido —urgió, ya desde arriba, asomando su rostro por la abertura del piso.

Tardamos unos instantes en rehacernos para ir tras él. Godwin subió primero, en seguida Llovett, luego yo y finalmente Lestrade. Recorrimos la misma ruta, esta vez en sentido inverso; abandonamos aquel cuarto cubierto de musgo, con sus extrañas proporciones geométricas y sus abominables bajorrelieves; cruzamos la bodega desolada, nos abrimos paso entre los menguados restos de la despensa y detuvimos nuestra marcha ya en el pasillo. Los gritos llegaban hasta nosotros con toda claridad; Compton ordenaba que registrasen hasta el último rincón de la casa, invocando el nombre de Dios e improvisando un repetitivo conjunto de maldiciones contra los vasallos de Satán. Sus hombres gritaban desde diversos puntos, dando cuenta de lo infructuoso de su búsqueda.

—Sólo falta el sótano —dijo alguien.

—¡Todos al sótano! —bramó el reverendo.

—No tendremos más remedio que hacerles frente una vez más —observó Holmes.

Lestrade asintió con expresión ausente, Llovett retrocedió meneando la cabeza y Godwin se aferró violentamente a mi hombro.

—Tome mi antorcha, Watson —continuó Sherlock—. Usted y yo iremos por delante, inspector.

La multitud había comenzado a entonar un canto religioso cargado de veladas amenazas. Un canto lleno de fanatismo y odio. Mientras avanzábamos a través del pasillo recaí en mis temores y mis dudas, preguntándome si no estaríamos del lado equivocado; aunque sólo llevara un día en Glastonbury, yo era testigo de fenómenos capaces de enloquecer a cualquiera. Aquellos aldeanos tenían que convivir diariamente con esa aura de malignidad y sinrazón. ¿No estarían en lo correcto? ¿No sería esa su única alternativa?

Nos encontramos en el recodo que torcía por un lado hacia las habitaciones de la servidumbre y por el otro a la parte trasera del edificio. Compton se detuvo extendiendo los brazos y separando las piernas, para así contener el ímpetu de sus seguidores. Iba vestido igual que la tarde anterior y en la mano izquierda llevaba enrollado un látigo de cuero.

—Helos ahí —espetó, señalándonos con un índice tembloroso; tras una breve pausa en la que nadie atinó a romper el silencio, prosiguió—: Ven acá, Gilbert.

Le fue abierto el paso a un jovencito delgado y retraído, de cabellos rojos y piel azafranada, con las mejillas cubiertas de pecas. El mismo que se había quedado a cargo del cuartelillo de policía en ausencia de Llovett y Lestrade.

—¿Cuál de estos hombres llevó el horrible mensaje al que te has referido? —preguntó el reverendo, palmeándole suavemente la espalda.

El chico nos escrutó a todos con detenimiento.

—Ése —repuso al fin, señalando a Holmes—. Estaba pintado de negro, pero lo reconocí por las ropas.

—Gracias, hijo. Dios bendecirá tu ayuda.

Gilbert retrocedió hasta confundirse otra vez con la multitud, que permanecía expectante.

—Muy bien, muy bien. Llegó el momento de hacer frente al Maligno.

Compton desenrolló el látigo de un tirón, haciendo que restallara entre los pies de Sherlock.

—Ordénele a esta gente que se marche o no dudaré en disparar. Ya se lo demostré ayer —amenazó mi amigo.

El anciano dejó escapar otra de sus agudas y desagradables carcajadas.

—Usted no va a jalar del gatillo —dijo, avanzando—. Pero, aunque lo hiciera, de nada serviría.

Ya estaba a un palmo de Holmes cuando se detuvo. Inclinándose, añadió:

—El Señor está en mí.

Le temblaba la mandíbula. Un fuego demencial ardía en sus ojos. Para mi azoro absoluto, Sherlock, que hasta entonces permanecía inmóvil, mirándolo imperturbablemente, bajó la mano en la que sostenía el arma. Compton sonrió. Alzaba ya el látigo para azotarlo, cuando él le cruzó el rostro con el revólver, con un golpe seco. Los aldeanos emitieron un murmullo de sorpresa e indignación. Holmes repitió el gesto maquinalmente, ahora de revés. Crujió el maxilar del reverendo mientras caía de espaldas, cubriéndose el rostro con las manos. Sus fieles callaron.

—El caso está resuelto —dijo mi amigo con grave entonación—. No hay en él ningún hecho sobrenatural. Se trata de una historia como cualquiera, en donde las pasiones y los actos de los hombres pueden derivar hacia sucesos aparentemente demoniacos. Sean pacientes y aguarden a que la policía local los ponga al tanto de lo que en realidad sucedió. Por ahora les ruego que vuelvan a sus casas.

Aquellos hombres no estaban ahí por valentía, sino por miedo. Cuando vieron caído a su líder, su precaria determinación se esfumó. Cabizbajos, empezaron a retirarse. Varios permanecieron todavía unos instantes en su sitio, como dispuestos a continuar con la empresa; finalmente decidieron marcharse también. Dos vinieron en ayuda de Compton, quien acababa de escupir un par de dientes y, con la boca sangrante, balbucía indefinibles maldiciones. Antes de que se lo llevaran nos miró de un modo que consiguió helarme las venas.

Me volví hacia mis compañeros. Llovett apenas asomaba la cabeza por el recodo del pasillo, sin decidirse a seguir avanzando. Godwin continuaba sumido en un deprimente estado de anulación.

Lestrade me había arrebatado la antorcha y trataba de apagarla con el pie.

—Así que... el caso está cerrado —inquirió, una vez que lo hubo conseguido y que la gente de Compton terminó de retirarse.

—Resuelto, inspector. Cerrado estará cuando haya dispuesto usted del asesino.

—¿Quién es él?

—¿Por qué no pasamos al salón? Es el sitio donde acostumbro efectuar mis revelaciones.

Los dos policías siguieron a Holmes. Yo le ofrecí a Godwin mi brazo para que se apoyara, cada vez más alarmado por su apariencia. Nos instalamos en los pesados escalones que ascendían al primer piso. Holmes revolvió entre los destrozados objetos que se amontonaban en un rincón y extrajo un bulto con sus pertenencias.

—Entonces... —retomó Lestrade— tiene usted la solución.

Una mujer que presume de ser pariente del Rey Arturo, y que ha desaparecido sin dejar huella, dio a luz una criatura monstruosa; aldeanos enloquecidos ahorcaron a un mono y provocaron daños materiales incalculables; el cadáver de un anciano fue abandonado por su esposa y su servidumbre; bajo esta casa hay centenares de esqueletos. Y usted pretende haber hallado una respuesta lógica para todo. Bien, míster Holmes, creo que esto es algo digno de oírse.

Sonriente, Sherlock exhaló una bocanada de humo.

—Inspector, inspector. ¿Cómo puede un policía dar con la verdad cuando no consigue retener en su mente ni siquiera los datos más simples? Primero: Alice Lansdowlles no afirma ser descendiente del Rey Arturo, sino de uno de sus caballeros más ilustres. Segundo: ha desaparecido, sí, pero dejando abundantes rastros que permiten dilucidar lo que hizo antes, durante y después del saqueo. Tercero: bajo está casa hay, a lo sumo, varias docenas de esqueletos, pero no centenares como usted afirma.

"Con todo, la mayoría de estos datos carecen de importancia para dar con el asesino, pero si es usted incapaz de recordarlos, ¿cómo puede aspirar a las pistas auténticas?

"La mente que maquinó todo lo que aquí ha pasado, trató de protegerse tras un velo de mitos y acontecimientos sobrenaturales. Usted, lo mismo que ese pastor enfermo que indujo a sus feligreses a la barbarie, sucumbieron ante ese velo. Es decir que se quedaron en la apariencia superficial."

—Holmes —intervine yo—, ¿por qué iba un hombre a provocar algo tan horrendo?

—Por odio, amigo mío. Odio contra la mujer en quien había hipotecado su vida, contra el hombre que la desposó, contra la ciudad en la que vio perdidos sus mejores años. No hay odio más ciego que el nacido del despecho. Y no hay despecho más perdurable que el nacido del amor.

Asentí con la cabeza. De algún modo, mis sospechas estaban siendo confirmadas. Todo ese discurso macabro durante la noche, esos aires de brujo, ese empeño por alejarnos de Glastonbury. ¿Qué importaba lo vívido de mis escalofriantes experiencias? De algún modo había sido sugestionado para imaginarlas. Holmes estaba por otorgarme la paz con sus respuestas.

—Para el asesino, el embarazo de madame Drieu fue el colmo de la humillación. En su plan pretendía llevarla a la ruina más absoluta, sembrando un ambiente de terror místico, una sensación de pesadilla colectiva. Es un loco. No creo exagerar si digo que su deseo era verla consumirse en la hoguera. Afortunadamente, falló en eso. Sin embargo, consiguió buena parte de sus propósitos: destrozó una familia y condujo a un hombre a la muerte.

—¿No sería mejor que nos diéramos prisa? —corté—. Podría tratar de huir.

—En ese caso, bastará con que extienda usted la mano y se lo impida —replicó Holmes—. Aunque no parece tener fuerzas ni intenciones para intentarlo. ¿O me equivoco, míster Godwin?

Como un solo hombre, los dos agentes y yo nos volvimos hacia el sujeto maltrecho y tembloroso que, acurrucado sobre sí mismo junto a mí, temblaba convulsivamente, casi al borde del desmayo.

—Míster Holmes, temo que... —inicio Lestrade, manifestando el sentir de todos.

—¿Que no tengo la más mínima idea de lo que estoy diciendo? —interrumpió él—. Inspector, yo poseo pruebas irrefutables obtenidas a partir del razonamiento lógico. Usted se apoya en la compasión que le produce un criminal atormentado por los remordimientos. ¿Quiere escuchar mis explicaciones o prefiere conformarse con su vulgar historia de fantasmas?

Sin esperar respuesta, prosiguió:

—Confieso que las pruebas más concluyentes obraban en mi exclusivo poder y que sin ellas hubiera sido muy difícil atrapar al culpable. Pese a todo, no mentiré si les aseguro que con los datos que ustedes poseen basta para descubrir la verdad.

"El plan de míster Godwin, dentro de su aparente complejidad, fue muy simple: narcotizar a míster Cosgrave, envenenar a monsieur

Drieu, fingirse víctima de una pesadilla demoniaca y propagar por todo Glastonbury una historia que encendiese el ánimo irritable de los más supersticiosos.

"Trataré de hacerles un bosquejo de los hechos:

"Después de la comida, cuando salieron a tomar el té y madame Drieu comenzó a acusar los síntomas del parto, Godwin vació en la taza de Cosgrave un somnífero que obraría en pocos minutos. El brindis lo había pactado de antemano, con pretextos sentimentales, para la hora en que sobreviniera el alumbramiento, sin importar sus circunstancias; así garantizaba que su compañero sería narcotizado.

"Luego, en la cocina, preparó una bebida supuestamente medicinal para monsieur Drieu. En realidad, había vaciado en ella un poderoso veneno. Le ordenó al ama de llaves que se lo hiciera beber y que permaneciese con él hasta nueva orden, porque requería pasar a su habitación por un objeto imprescindible y no podía correr el riesgo de que ella lo viera. Seguramente disponía de otro truco para ahuyentar a Pelham, pero no le fue necesario utilizarlo, pues el mayordomo se encontraba limpiando la jaula del gibón en la parte trasera de la casa.

"Cuando llegó a la recámara de Alice Drieu, Cosgrave estaba ya inconsciente por los efectos de su somnífero. Atendió el parto y adormeció también a la mujer. La necesitaba inconsciente. Presumo que en el plan original debía deshacerse del niño para darle credibilidad a su historia, pero, por motivos que ignoro, lo dejó con vida. ¿Empezaron en ese instante a atacarle los remordimientos? Quizá. Lo cierto es que abandonó la habitación y la casa lo más rápido que pudo y fue regando por el pueblo su aterradora y fantástica fábula".

—Si tenía todo planeado, ¿por qué recurrió a nosotros? ¿Por qué llegó a Baker Street en aquellas fachas, arriesgándose a que lo prendiera el guarda nocturno?

—Eso último no era sino parte de su actuación y estaba por demás premeditado. En cuanto a lo primero, la respuesta es sencilla:

"Una vez que se apaciguaran los ánimos, la ley iba a tener que realizar investigaciones. ¿Cómo ponerse a salvo de ellas? Elemental. Probando que él fue el primero en salir a buscar ayuda.

"Adoptó el papel de víctima desamparada que recurre a un antiguo condiscípulo, pero en realidad iba a buscarme a mí. Me conocía gracias a los relatos que publica usted en el *Strand Magazine*, aunque temo que menospreció mis habilidades. Nunca pensó que pudiera descubrirlo."

—Si todo es como usted lo pinta —dijo Lestrade—, a eso precisamente estaba arriesgándose.

—Sí, pero él no lo veía así. Había tomado muchas precauciones. ¿Creen que sólo narcotizó a Cosgrave porque le tenía un gran aprecio? No. Lo hizo porque esperaba hacer recaer en él todas las sospechas, si se llegaba el caso de buscar un culpable.

Godwin permanecía encogido y tembloroso ante aquella oleada de contundentes argumentos.

—¿Cómo lo descubrió? —pregunté.

—Sólo cabían dos explicaciones. O había sido estimulado mediante sustancias alucinógenas, como pretendió hacerme creer al inventar el cuento del incienso y al afirmar que Cosgrave propuso el brindis, o lo había inventado todo. Las pruebas corroboran sin lugar a dudas esta segunda hipótesis.

"El primer indicio me llegó de manera muy casual, cuando lo desnudamos en Baker Street. El medallón que portaba atrajo mi atención poderosamente, pues es una verdadera joya. Al abrirlo, descubrí en sus compartimentos curiosas partículas. Unas las reconocí de inmediato; pertenecían a una temible raíz venenosa con la que tuve oportunidad de toparme anteriormente; para establecer la naturaleza de las otras era preciso recurrir al laboratorio. Puesto que eran sólo residuos, resultaba obvio que ambas dosis habían sido ya suministradas. El problema era descubrir a quién.

"Creo que ésta es la primera ocasión en que topo con el asesino antes de encontrar a la víctima. En fin. Ayer por la mañana fui al laboratorio de la universidad y analicé la sustancia desconocida hasta establecer que era un somnífero. Me bastó con que Godwin refiriera su historia para hacerme una idea clara de lo sucedido. En adelante, todo fue confirmar sospechas y ordenar datos."

—¿Y dónde están madame Drieu, el ama de llaves y el mayordomo? —preguntó Lestrade.

—No lo sé. Probablemente camino a Gales. Eso carece de interés. Lo importante es que salvaron sus vidas.

—¿Está seguro?

—En el sótano, dentro del pasaje que ustedes no llegaron a recorrer, hay abundantes huellas suyas. Permanecieron ahí desde que Cosgrave se marchó; si Compton y sus fieles nos hubieran dado tiempo de revisar a fondo, seguramente los habríamos encontrado. Ayer por la noche Pelham salió a conseguir un carruaje; partieron durante la madrugada.

—¿Cómo lo sabe?

—Todo está escrito en el barro. Pisadas, cascos, ruedas. Hasta la culata de un rifle con el que seguramente hubieran enfrentado cualquier peligro.

—¿Fueron capaces de abandonar a Drieu?

—Inspector, mire en torno suyo. Compton no estaba jugando. Era una osadía demasiado temeraria poner en peligro la vida de un recién nacido por el cuerpo de un hombre muerto.

—Recién nacido... —murmuré—. ¡Un momento! ¡El niño! Ellos lo vieron. No es una invención. El reverendo dijo que lo habían sacrificado, que era monstruoso.

Holmes entrelazó las manos en la espalda y caminó, meditabundo, hasta el rincón del que había sacado sus ropas.

—Como ya se habrán dado cuenta, el plan de míster Godwin fue elaborado con mucha anticipación. Un detalle de tan capital importancia no podía dejarse al azar. Les dije que antes de entrar a la recámara de Alice Drieu él debía pasar a su habitación por un objeto. Bien, pues ahora voy a mostrarles tal objeto. Caballeros: con ustedes, ¡el hijo del diablo!

Levantó de golpe un cortinaje caído, dejando al descubierto un gran frasco de cristal. Flotaba en su líquido ámbar una oscura masa de pelambre marrón, a la que poco a poco me fue posible distinguirle cuatro regordetas extremidades, así como unos ojillos rasgados y sin vida. Sentí que el alma se me salía del cuerpo. Todos nos pusimos de pie emitiendo exclamaciones de terror.

Holmes lanzó una carcajada.

—Señores, mantengan un poco de compostura. ¿Es que no habían visto nunca un gato?

—¿Un gato? —gritó Lestrade.

—Efectivamente. Se trata de una de las mascotas a las que míster Cosgrave "atiende" todas las mañanas. Tiene otra media docena en su sótano, aunque algunos, claro está, ofrecen un aspecto bastante repulsivo con la cabeza alfilereteada y el cráneo abierto.

Pese a la explicación, continuábamos atónitos.

—Vamos, vamos, vuelvan a sentarse y escuchen. En casa de míster Cosgrave terminé de despejar mis últimas dudas sobre su posible actuación en el crimen. Ese hombre sólo es capaz de hacerse daño a sí mismo. Quedaba pues el último eslabón: la criatura. ¿Qué encontraron en realidad Compton y los suyos? Lo que fuera, había estado oculto en la mansión, al alcance de la mano, listo para usarse en cualquier momento. Sin embargo, confiaba en hallar rastros suyos en casa del asesino; fue por ello que le abandoné anoche, Watson. Debía registrar cuanto antes la casa de Godwin. Ignoraba si el inspector le había permitido marcharse, por lo que tuve que dejar mi caballo a cierta distancia, en una especie de cueva; un bello ejemplar el de míster Cosgrave, pero demasiado nervioso; en aquella gruta yo no disponía más que de cipreses y zarzales para atarlo, de modo que, asustado como se hallaba por la oscuridad y los murmullos de roedor, se marchó en mi ausencia, desgarrando las riendas en los espinos y obligándome a andar a pie el resto de la madrugada.

"El laboratorio casero del doctor Godwin, aunque aparentemente limpio, conservaba huellas invaluables. Manchas de formol, minúsculos trozos de hilo quirúrgico y lo principal: pelos de gato. ¿Se dio cuenta de que los muebles de míster Cosgrave no tienen rastros de arañazos... ni de pelo? Decidí volver para conocer a las mascotas que tan comedidamente se había ofrecido a presentarme. Tras llamar varias veces a la puerta sin obtener contestación, advertí que el caballo estaba de regreso en su cuadra y concluí que míster Cosgrave y usted habían salido a buscarme. Tratar de darles alcance para evitar innecesarias preocupaciones hubiese significado perder un tiempo valiosísimo, por lo que preferí continuar con mis pesquisas y entré en la casa furtivamente.

"El laboratorio, aunque también improvisado y elemental, revelaba el carácter de un científico aficionado mucho más cuidadoso y responsable. Lleva algún tiempo investigando el cerebro de estos animalitos con fines que a él deben parecerle inconmensurables, pero que objetivamente son bastante ridículos. Tomé prestado este ejemplar, dejando una nota en la que prometía devolverlo, y salí para procurarme un disfraz. Era casi la hora del amanecer.

"Por pocos peniques conseguí que un deshollinador me prestara sus ropas. Así podía desplazarme libremente, recopilando testimonios entre quienes participaron en el saqueo para confirmar definitivamente mis hipótesis y tratando de descubrir lo sucedido con Alice Drieu, Pelham y miss Vaughan. Era evidente que no abandonaron la mansión hasta que se sintieron seguros de poder huir. Vine, revisé más detenidamente los alrededores y encontré los rastros de los que ya hablé en la parte trasera. Como quedaba la posibilidad de que alguna amistad los tuviese escondidos, regresé a la ciudad, no sin antes esconder aquí mis ropas y el gato. Una hora de pesquisas me bastó para concluir que se habían ido de Glastonbury. Finalmente, pasé por el cuartelillo y los cité con el fin de que me alcanzaran aquí en media hora. Reconozco que no lo hice del modo más ortodoxo, pero ya conocen ustedes la debilidad que siento por las representaciones; además, fue sumamente gracioso el gesto de Lestrade cuando solicité decirle mi mensaje al oído."

—¿Por qué no nos trajo inmediatamente? —suspiró el inspector, que al desprenderse del miedo iba cayendo víctima del malhumor y la vergüenza.

—Necesitaba tiempo para asearme y para encontrar el lugar donde los criados y la señora de la casa habían permanecido ocultos. Sólo que esto último requirió mucho más tiempo del que yo había supuesto.

—¿Y dice que había rastros de un niño? —pregunté.

—Innegables. En esa galería un recién nacido fue atendido por dos mujeres; el mayordomo salió por viandas en cuatro ocasiones; alguien dejó caer al suelo un plato de porcelana y, al tratar de recoger los trozos, se hizo una herida en la mano. Como detalle curioso habrá que añadir que tenían con ellos un cabrito vivo.

—¿Un cabrito vivo?

—Sí. Hallé algo de pelo y bastantes marcas de sus patas traseras; las delanteras debió tenerlas atadas, porque no dejaron ningún rastro.

—¿Para qué querrían un cabrito?

—Para comer, seguramente. Ignoraban el tiempo que se verían obligados a permanecer ahí.

Se hizo un largo silencio. Afuera, el viento producía un rumor hondo y acompasado al mecer las copas de los árboles. Mil ideas confusas seguían agolpándose en mi mente. ¿Dónde encajaban las invocaciones de Cosgrave y mi pesadillesca huida nocturna?

—Quisiera —carraspeó Godwin para sorpresa de todos— que me permitiesen subir a mi habitación por un objeto personal que aprecio mucho. Luego estaré a su entera disposición.

Resultaba increíble comprobar que la estampa con que arribó a Baker Street no había sido más que el inicio de un largo proceso de degradación física y espiritual. Las líneas de su esqueleto estaban clara y grotescamente definidas; la piel, tras experimentar todos los matices de la palidez extrema, era de una tonalidad amarillenta; los miembros no dejaban de temblarle.

—Ha comprobado usted con sus propios ojos que todas las habitaciones fueron desmanteladas —dijo Lestrade.

—Este objeto lo escondí muy bien. Estoy seguro de que continúa en su lugar.

—Si es así —exhaló el inspector— tendré que acompañarle. Comprenderá que no puedo permitir que vaya solo.

—Sí, entiendo. Pero preferiría subir con el doctor Watson. El objeto es demasiado íntimo y quiero entregárselo a él.

Lestrade se llevó una mano al mentón, dubitativo.

—Hagamos una cosa —sugirió Sherlock Holmes—. Subiremos todos pero sólo Watson entrará con usted. Así evitaremos cualquier riesgo, aunque no me parece que esté en condiciones para tratar de huir.

—Claro que no. Estoy dispuesto a pagar por mis crímenes.

Ceñudos, remontamos con lentitud la pesada escalinata. La solicitud de Godwin lograba intrigarnos sobremanera. ¿Qué objeto sería aquél?

—Dénse prisa —ordenó Lestrade, una vez que estuvimos en la habitación. Godwin cerró la puerta.

—¿Y bien? ¿En dónde está? —lo apremié. Su compañía me llevaba de vuelta a los miedos que Holmes había empezado a disipar con sus explicaciones.

—En el marco exterior de la ventana —respondió.

Cruzamos el gabinete. No advertí qué habitación era aquella sino hasta que llegamos a la alcoba: a través del cristal se dominaba una panorámica del acantilado. Un estremecimiento recorrió mis vértebras cuando recordé que bajo mis pies, a cientos de metros de distancia, se abría una gruta llena de huesos ancestrales y de imágenes a las que el calificativo de demonios les viene corto.

Godwin abrió la ventana.

—Todo lo que ha dicho su amigo... el plan, el somnífero, el veneno, el gato...

—¿Sí? —pregunté, abrumado de nueva cuenta por el deprimente páramo y por aquellos gigantescos animales de la lejanía, grabados en la tierra desde tiempo inmemorial para los misteriosos pobladores del cielo.

—Es verdad. Todo. Aún no entiendo cómo pudo descubrirlo.

Mientras hablaba, se izó hasta quedar sentado en la cornisa, con los pies colgantes.

—Sólo se equivocó en una cosa: el niño era tal como se los describí. Una repugnante masa de pelo y carne. Y el olor... ¿No lo siente? ¿No percibe cómo llena todos los cuartos? ¿No nota cómo sube desde este precipicio? Se lo juro, Watson. Sé que nadie va a creerme. Sé que son demasiadas las pruebas en mi contra. Envenené a Drieu y estaba dispuesto a entregar a mi único amigo, pero en lo referente a la criatura no he mentido. Era hijo de fuerzas que no me atrevo a nombrar. Cosgrave posee un libro donde se habla de ellas. Y ahora anda por ahí, libre...

—Apresúrense —gritó el inspector.

—Sí, ya vamos —respondí con los ojos apretados, incapaz de ordenar el torbellino de ingratas sensaciones que ascendía por mi cuerpo.

—No sé por qué he querido confiárselo. En el remoto caso de que llegue a creerme, estas revelaciones sólo le traerán intranquilidad. Alguien tenía que oírme. Adiós, Watson. He visto demasiado. Soy incapaz de afrontar la breve vida que me aguarda si voy con ustedes.

Abrí los ojos. Godwin estaba de pie en la cornisa, frágil, tembloroso, esquelético. Antes de que yo lograra extender una mano o articular un "no", ya caía de espaldas en el aire.

Su cuerpo no hizo el más mínimo ruido al despedazarse en el fondo del acantilado.

XI

LLAMAMOS tres veces sin obtener respuesta.

—¿Habrá salido? —conjeturó Lestrade.

—Anoche vino un campesino a buscarlo —dije yo.

—¿Es muy necesaria su declaración? —preguntó Llovett.

—La puerta tiene echada la llave por dentro —observó Sherlock inclinado sobre la cerradura.

No se percibía ningún sonido dentro de la casa.

—Aquí ocurre algo extraño —aseguró el sargento con voz temblorosa.

Yo, que en dos días había experimentado rarezas suficientes para agotar la cuota de toda una vida, me senté en el suelo, tratando de no prestarle atención al murmullo del río. La atmósfera de la tarde estaba resultando tan átona y gris como la de la mañana.

—Habrá que echarla abajo —concluyó Holmes.

—¿Y si sólo está durmiendo? —dudó Lestrade.

—Ya tendremos tiempo de repararla.

Embistieron contra la puerta un par de veces, sin lograr derribarla. Tal vez debí echarles una mano, pero no tenía fuerza ni siquiera para levantarme.

"Ahora —pensé— voy a despertar en mi cama. El sol se filtrará entre los pliegues de la cortina, afuera crepitarán las ruedas de los carruajes y vocearán los vendedores de periódicos los titulares matutinos. Ahora. Justo ahora, dentro de tres segundos. Uno, dos...."

La puerta crujió antes de ceder y quedar tristemente caída sobre sus goznes. Lestrade palmeó su abrigo maquinalmente. Llovett giró la cabeza a diestra y siniestra, como si esperara ver aparecer a alguien. Holmes escuchó con atención antes de trasponer el umbral.

Todos gritaron "míster Cosgrave" varias veces. Cuando logré ponerme de pie, ya subían por las escaleras al primer piso. Seguí contando.

"Uno, dos..."

La escena era idéntica: tres hombres embistiendo contra una puerta cerrada. Esta vez lo consiguieron en el primer intento.

—¡Dios mío! —exclamó Llovett.

—¡Qué diablos...! —gruñó Lestrade.

Holmes sólo arrugó la frente.

"La patrona habrá servido ya el desayuno y Sherlock estará tocando el violín. Uno..."

Un huracán había azotado la habitación. Libreros caídos, volúmenes destrozados, hojas esparcidas por doquier. El escritorio patas arriba, sin cajones, la cama despedazada. Y, en el centro de todo, el cuerpo desnudo de un hombre. Su rostro estaba deformado por una indescriptible expresión de pánico. Aferraba contra el pecho un antiquísimo libro de pastas de ébano.

—Otro crimen inexplicable —sentenció el inspector.

—Ningún crimen —replicó Sherlock—. Este hombre pretendió viajar a una dimensión que no existe. Desarrolló una obsesión en la que finalmente se vio entrampado. Digamos que pereció en las garras de su propia locura. La causa médica de su muerte puede definirse como crisis nerviosa por autosugestión.

"Dos..."

Un raro objeto de madera sobresalía entre el viejo volumen y el pecho del cadáver. Me incliné para recogerlo. Se trataba de una especie de flauta o caramillo pastoril, envuelto extrañamente con algas de mar. Las algas estaban frescas. Me lo llevé a los labios y soplé.

Ya había oído antes ese tipo de notas. La noche anterior, corriendo por el bosque, perseguido por la sombra amenazante de un macho cabrío.

La habitación dio vueltas, la luz se esfumó. Creo que sufrí un desmayo.

"Tres".

XII

CON el ocaso, el plomizo muro de niebla cedió un poco, permitiendo tenues rubores de sol en los muros y el suelo empedrado de la ciudad.

Nos disponíamos a partir. Lestrade estaba dándole las últimas indicaciones a Llovett. Holmes y yo conversábamos sobre el clima en la puerta del cuartelillo de policía. Entonces recordé el telegrama que Gilbert (aquel pecoso jovencito) me había entregado durante la mañana en ese mismo lugar. Se lo entregué al inspector improvisando mil disculpas, sumamente apenado. Él le restó importancia a mi descuido. Conforme leía, su cara iba iluminándose.

—Órdenes de la corona. Directamente para mí —presumió, agitando el papel con gesto triunfal—. Un ladrón y asesino galés, particularmente peligroso para los intereses del reino, ha llegado a Glastonbury. Solicitan que, como funcionario de la oficina central de Scotland Yard, permanezca aquí hasta su captura. ¿Qué dice, míster Holmes? ¿Quiere probar suerte? Esto podría significar un agradecimiento personal de la reina.

—¿Me permite el telegrama? —solicitó mi amigo.— Hum. Temo que no podré ayudarle —añadió tras la breve lectura.

—¿Demasiado para usted? —sugirió Lestrade socarronamente.

Holmes le dedicó una pálida sonrisa.

—Demasiado para cualquiera. No hay crimen que perseguir. Si se tomara la molestia de leer los periódicos de vez en cuando, sabría que ese hombre es inocente de los crímenes que se le imputan.

—Pero el telegrama...

—El telegrama miente. Si la corona quiere verlo tras las rejas es por su participación en cierto grupo que lucha por la independencia de Gales. Lo de los robos y los asesinatos es una pésima y lamentable invención.

—¡Holmes! —atajé—. Esas líneas pudieron haber sido dictadas por la reina en persona.

—Mi única reina es la verdad. Hasta la vista, inspector. Disculpará que no le desee suerte, pero su tarea me parece indigna. Con todo, déjeme advertirle que ese hombre lleva más de cinco años escabulléndose de sus múltiples perseguidores. Acaso le convenga no perder el tiempo y regresar con nosotros a Londres...

Muy erguido, echada hacia adelante la nariz en expresión altanera, Lestrade nos dio la espalda y se inclinó sobre el escritorio de Llovett para darle instrucciones sobre el nuevo caso. Holmes y yo abandonamos el cuartelillo sin decir más. Afuera nos aguardaba un cupé.

Viajamos en silencio, contemplando las callejas de Glastonbury con gesto ausente. Holmes probablemente meditaba sobre su reciente altercado con Lestrade. Yo no me atrevía (como no me he atrevido hasta la fecha) a confiarle los detalles de mi demencial aventura nocturna, ni las palabras pronunciadas por Godwin antes de morir.

—¡Pare, cochero! —ordené violentamente cuando pasábamos frente a la abadía en ruinas. Iban saliendo de ella Francis y Melanie Horton junto con su robusto amigo—. Sólo un segundo, Holmes; ésa es la pareja que me recogió ayer por la noche.

—Doctor Watson —sonrió la hermosa joven al verme—, se ha cambiado ya de ropa.

—Sí. La que ustedes tan amablemente me prestaron está en el cuartelillo de policía. Encargué al sargento Llovett que se las devolviese.

—Muy gentil de su parte —dijo Francis—. ¿Encontró a su amigo?

—Sí. Precisamente vamos a la estación para abordar el tren. ¿Y ustedes?

—Acompañamos a Dan, que vino a dejar una ofrenda para sus antepasados.

—¡Melanie!

—¡Es la verdad! ¿No le dije en la mañana que era pariente de madame Drieu? Pues acaba de dejar un ramo de flores en la tumba de Arturo, como prueba del respeto que siguen guardándole los descendientes de Lancelot du Lac.

—¿Ustedes también participan de esas historias? —pregunté, sintiéndome profundamente deprimido.

—No nos queda más remedio, en vista de que tenemos por amigo al tataranieto del tataranieto de Sir Lancelot.

—¡Melanie! —estalló Francis, cada vez más disgustado.

Una mirada de su joven esposa bastó para desarmarle.

—¿Por qué te enfadas? ¿No es la verdad?

—Sabes bien que a Dan le incomoda que se hagan bromas al respecto.

—Es que Dan es un tonto. Mira a Alice Drieu: inventó su parentesco con los caballeros de Arturo y terminó casada con un hombre rico. Dan no tiene que inventar nada, sino decir la verdad, para que las duquesas y condesas caigan por montones a sus pies.

Era una delicia oír hablar a esa muchacha, sin importar los disparates que pudiera estar diciendo. Lograba apagar mis temores y congraciarme de nueva cuenta con la vida. Holmes bajó del cupé y se reunió con nosotros.

—¿Sobre qué hablaban? —quiso averiguar una vez que hice las presentaciones.

—No acabo de saberlo —confesé.

—Anda, Francis —dijo Melanie tirando de la manga de su esposo—, cuéntales la historia o el doctor Watson va a creer que he perdido la cabeza.

Francis miró a su amigo, que permanecía un poco retirado, como para solicitar su autorización. Éste esbozó una sonrisa.

—Bien. Hay una tradición antiquísima en el pueblo donde Dan nació. Según ella, todos los miembros de su familia descienden de Sir Lancelot, pues hijos y nietos se refugiaron ahí tras la muerte del Rey Arturo. Aunque hablan inglés, siguen conservando el dialecto céltico y mantienen vivos sus ritos y festividades.

—Tienen que asistir a la celebración de la víspera de Todos los Santos —intervino Melanie—. Es una fiesta muy hermosa y alegre.

—Dan no tiene mucho aprecio por la genealogía que se le atribuye —continuó Francis—, pero respeta las creencias de sus padres y abuelos, así que ha obedecido su deseo de traer una flor roja para la tumba de Arturo. Si la tradición no miente, hoy hace trece siglos estaba muriendo en manos de Mordred, a pocos kilómetros de aquí.

—¿Por qué todas las historias tienen finales tristes? —musitó la joven con un tono melancólico, muy distante de su anterior jocosidad.

—En la tumba dice que la historia no ha terminado, que Arturo va a volver —dijo Francis.

—¿Cuándo? —preguntó ella mirando al piso.

Dan, siempre silencioso, se le aproximó y la besó en la frente. Hubiera deseado hacer lo mismo, pero la sola idea consiguió ruborizarme.

—El cochero nos aguarda —recordó Holmes.

Nos despedimos y regresamos al coche.

Antes de que los caballos echaran a andar, Sherlock asomó la cabeza por la ventanilla y se dirigió al joven galés.

—Míster Marthen —dijo, provocándole un visible estremecimiento—, ellos saben que está usted aquí. Recién acaba de llegarles un telegrama. No estaría de más que tomara algunas precauciones.

—Siempre lo hago —respondió Dan con una voz profunda, ronca.

Poco a poco fueron haciéndose pequeños, recortados contra la figura desolada de la abadía, hasta finalmente desaparecer. Fue la última vez que los vi.

Holmes y yo no cruzamos palabra sino hasta que estuvimos en el tren. Para entonces, él había encendido una pipa y llenaba nuestro camarote de humo. Contemplando el escaso movimiento del andén, me dijo:

—Ha estado muy silencioso el día de hoy.

—Me encuentro un poco fatigado.

—Comprendo. Trate de dormir.

Me acurruqué contra el cristal, pero sabía que todos mis intentos serían inútiles. Durante la noche anterior había traspasado el umbral; por incrédulo, por desoír las advertencias de Cosgrave. Ya no me quedaba ninguna esperanza.

El tren comenzó a moverse y Holmes volvió a hablar en la penumbra.

—Alguna vez criticó usted mi ignorancia sobre algunos asuntos de la vida. Recuerdo que se indignó profundamente cuando confesé no saber que la tierra gira alrededor del sol. En esa oportunidad creo haberle explicado que todo conocimiento ajeno a mi actividad lo considero inútil, estorboso, molesto; que mi mente es un perfecto conjunto de gavetas ordenadas para el ejercicio de la profesión que he elegido.

"Pues bien, insisto en mi empeño y aún más: sostengo que la entera especie humana debe obrar del mismo modo, desechando todo lo inútil. ¿Qué pasa si existen fuerzas insondables capaces de aniquilar la vida de la tierra? ¿Qué pasa si el hombre de las cavernas vino del cielo? Nada. Pasa que la humanidad se distrae de sí misma y vive hipotecada en miedos y angustias. Esos saberes enigmáticos, esos misterios fundamentales que el fin de siglo ha puesto de moda, sólo son un fardo, un peso muerto, una cadena.

"¿Hay poderes desconocidos en estos bosques? ¿Sobreviven secuelas de los horribles sacrificios realizados en el sótano de los Drieu? Confieso que ayer por la noche vi y sentí cosas muy extrañas, pero eso no me ayuda en mi misión. Y no creo pecar de soberbio si afirmo que tampoco le es útil al hombre en la suya.

"¿Es usted capaz de disfrutar una ópera de Verdi, una página de

Dante, un lienzo de Leonardo, una copa de vino, la niebla sobre el Támesis, el bullicio de Baker Street a la hora del amanecer? Entonces déjese de tonterías. Valientes sujetos seríamos si, por temor a inalcanzables amenazas, dejáramos de combatir al profesor Moriarty. O si media docena de profetas de pacotilla nos arrancaran el placer de disfrutar con los gestos de una muchacha como la que vimos hace unos minutos."

El tren avanzaba cada vez más rápido. La noche caía inexorable. El relativo resplandor azul de las aguas del Brue era ya la única claridad ante mis ojos.

—Usted se enfrenta a las múltiples facetas del crimen —dije—, yo me dedico a curar enfermedades, De Reskes interpreta magníficamente *Les Huguenots*, ¿pero adónde vamos todos juntos? ¿Qué misión es esa que le atribuye usted al hombre?

Holmes exhaló una bocanada de humo con su respuesta:

—La de ser hombre y no fantasma.

Dos gruesas lágrimas rodaron por mis mejillas. Sonreí. Y no consiguió borrar mi sonrisa ni siquiera la silueta que se recortaba en ese momento contra las aguas.

La silueta de un enorme y negro macho cabrío.

Índice

Colección GRAN ANGULAR

Esta edición consta de 5,000 ejemplares.
Se terminó de imprimir en mayo de 1997 en
Gráficas Monte Albán, Fraccionamiento Industrial La Cruz,
El Marqués, Querétaro.